编委会

跨跃

上海企业在海外
大型调查纪实 II

STEP OVER

《跨跃》编委会 编著

An Overall Survey on Overseas Operations
of Shanghai Enterprises Ⅱ

上海三联书店

在成长中跨跃

解放日报社党委书记、社长　李　芸

2017 年冬,在上海市国资委和解放日报社的共同努力下,新一本"上海企业在海外"大型调查报道集《跨跃》面世了。与五年多前的上一本调查纪实《征途》相比,此次取名"跨跃",更彰显出一份出征海外收获成功的自信与豪迈!

习近平总书记在十九大报告中指出:"开放带来进步,封闭必然落后,中国开放的大门不会关闭,只会越来越大","创新对外投资方式,促进国际产能合作,形成面向全球的贸易、投融资、生产、服务网络,加快培育国际经济合作和竞争新优势"。作为中国经济对外开放的桥头堡,上海企业理应在跨国经营之路上先行先试。

《解放日报》是上海企业走出去的忠实记录者。从 2006 年至今,已先后三次组织"上海企业在海外大型调查"。首发于 2006—2007 年,派出 4 个采访小组,分赴亚洲、欧洲、南美的 6 个国家,采访上海企业的海外项目。彼时的"出海之路"曲折而艰辛,个别项目因种种因素夭折。毕竟,万事开头难! 5 年后的 2011 年,中国入世十周年之际,第二次海外采访启动,7 个小组跨越 5 大洲,走访 11 个海外项目,探寻上海企业扎根海外努力成长的过程。他们的步伐,从踉跄蹒跚变得稳健有力;他们的表情,从凝重深沉变得信心满满。

2016—2017 年,解放日报 8 个采访分队,再一次远行。与前两次相比,记者们感受更多的是上海企业的意气风发,是国外合作方的由衷赞赏,是海外项目硕果累累。十年征途,十年磨砺,上海企业已熟谙海外经营之道:一方面,不再仅仅局限于简单的海外拓展和并购融合,而是敢于利用国际资本市场整合资源,敢于利用西方品牌优势打通关节,敢于抓住全球化机会勇立潮头;另一方面文化隔阂时已经变得从容不迫,这种从容,来自于中国不断提升的综合国力,来自于我们的道路自信、理论自信、制度自信、文化自信。不经意间,上海企业走出去实现了从量变到质变的"跨跃"。

为记录下这一段风起云涌的历史,党报记者们精心策划、周密采访。采访对象既包括项目的中外方经理、一线职工、客户代表,也包括当地政府和中方商务参赞。记者们与采访对象一起在工地上吃饭聊天,还深入市场社区、街头巷尾探访,力求挖掘最鲜活的人和事。本次"上海企业在海外"系列报道刊登之时,恰逢解放日报·上观新闻实施深度融合、整体转型。这一篇篇奋发向上、充满激情的稿件,不仅呈现在报纸上,还通过互联网远播四方。

窥一斑可见全豹!上海企业在海外的成长跨越,无疑是中国发展奇迹的最好注脚。2018 年,我们即将迎来改革开放 40 周年,作为党报人,我们将继续用手中的笔和镜头,记录这个伟大的时代。

目　录

- -

7. 光明食品集团①

_____

① 2017 年 5 月,光明食品集团与上海水产集团已宣布联合重组。

用诚信，在市场壁垒中突围

——记上汽集团在泰国打造全球右驾车制造基地

唐　烨　吴长亮

从泰国首都曼谷向南驱车 2 小时，便到了小城罗勇附近。这里有片相当于 100 个标准足球场大小的荒地正待建设。荒地背靠群山，山后便是茫茫大海，相信风水的泰国人认为，依山傍水的土地是"福地"。

2016 年 5 月，这块福地迎来了新主人——上汽正大。到 2017 年年底，上汽正大在泰国的第二个现代化汽车工厂将在这里拔地而起，年产 20 万辆车。上汽在泰国打造的全球右驾车制造基地已初具雏形。

"上汽泰国再建新厂"的消息在当地车市受到关注。泰国汽车市场壁垒森严，日本车企在此深耕 50 多年，占据了 9 成多市场份额，不少美欧车企铩羽而归。而上汽仅用了短短三年，就在当地从默默无闻到站稳脚跟，推出了"名爵"汽车品牌。"名爵"品牌与日本品牌"马自达"成为泰国车市上最活跃的两个"M"品牌……不少泰国汽车同行感到吃惊，他们给上汽与"名爵"的评价是"奇迹般的速度奔跑"、"完全不像一个新进入泰国的品牌"。

在夹缝中，上汽泰国项目团队如何实现突围、创造奇迹？本报记者奔赴泰国，了解上汽泰国项目团队成员经历的 3 年风风雨雨。

市场壁垒森严，上汽却一定要闯

在泰国采访，记者遭遇了两次"堵"。

泰国是东南亚最大的汽车生产制造基地，汽车出口量超过国内销量。而泰国国内的汽车市场更不容小觑，有统计称，曼谷市平均每人有 1.42 辆汽车，每个家庭拥有 3.2 辆汽车。

"一说到汽车，泰国人自然想到日本车。"记者在泰国采访时，不止一次听到这句话。泰国汽车市场几乎就是日本汽车的天下：早在上世纪 60 年代，日本汽车企业就先后大举进入泰国；50 多年来，日本车企完全主导着泰国车市，甚至左右着泰国经济。如在 2011 年经济不景气时，日本车企就与泰国政府进行谈判，最终迫使泰国政府出台了购买首台车减税的经济刺激政策。

记者在泰国采访的几天里，无论在城市的大马路还是乡间的小土路，看到的大多是日本车，德系与美系车凤毛麟角。至于中国车，在上汽到来之前，几乎为零。曾有中国车企试图进入，但因难以立足，来了又去，反倒给泰国消费者留下"中国汽车"不太好的印象……

不过，泰国汽车市场近年也走上了"下坡路"。2011 年那轮汽车刺激政策，提前透支了泰国人的汽车消费能力；再叠加上宏观经济不景气的影响，2013 年至 2015 年三年中，泰国汽车市场销量下降达 41%。

如此铜墙铁壁般的泰国市场，上汽为何一定要闯？

"上汽一直想走全球战略。从全球汽车市场情况看，新兴市场正处于上升阶段，是上汽走向海外的突破口。而在新兴市场中，东盟因人口基数多、经济潜力大，是上汽走出去的重要方向。作为东盟中的一员，泰国的汽车产业基础好、政局相对稳定；泰国汽车市场是右驾习惯。因此，在上汽的海外布局中，泰国将被打造成为全球右驾车制造'基地'、走向海外的'样板'、走向东盟的'桥头堡'。""名爵"泰国销售公司总经理张海波说。

牛气的经销商，铁心了跟上汽干

曼谷碧甲盛路，一家丰田经销店的隔壁，矗立着上汽"名爵"的一家经销店：红白灰相间的标志性建筑前，停放着各色"名爵"新车；走进门店，迎面两位年轻俏丽的泰国销售员献上传统的泰国合掌礼；休息室内，等待汽车保养的几位泰国顾客，正悠闲地坐在沙发上浏览杂志……经销店的泰国经理斯里差带着热情的微笑，已在会议室等候我们这些为上汽泰国项目而来的中国记者。

可几年前，当上汽泰国项目组初次踏上这片土地时，却是另一番景象。

"当时，我们如果想与汽车经销商谈合作，最多只能见到像斯里差这样一家经销店的经理，而且他与我们见面，还表现得小心翼翼，因为不能让他的合作伙伴知道。如果想见到他的上级领导，几乎不可能。"张海波回忆起当年的苦涩，"泰国经销商的'牛气'是可以理解的，因为人家根本不知道上汽。"

碧甲盛路上的这家经销店隶属于泰国 TOA 集团——日本汽车铃木在泰国最大的经销商。如今 TOA 集团也是"名爵"的主要经销商之一，除了曼谷，在泰国其他两个城市春武里府与清迈都有"名爵"经销店。"现在我们与 TOA 集团是完全平等的关系。"张海波与 TOA 集团最大的老板已经多次当面打过交道。

有意思的是，上汽泰国项目团队在 2016 年下半年取消了 TOA 集团打算再开两家"名爵"经销新店的计划，因为上汽泰国项目团队评估下来认为对方"开店进展得太慢"。

上汽凭什么打动了"牛气"的泰国经销商？斯里差的回答或许可以代表很多泰国经销商的想法。他说："是上汽言而有信的承诺"。

承诺"一年建厂"，仅用 8 个月，上汽在泰国的第一个工厂就建设完成，泰国同行评价"这样的速度在泰国汽车市场绝无仅有"；承诺"半年推出一辆新车型"，2014 年 6 月首款在泰国当地制造的"名爵 6"下线，至今上汽已在泰国先后推出 4 款"名爵"车型；承诺"尽快建立售后服务体系"，进入才两年，上汽就推出了"热情服务"售后服务品牌，并开创了采用流动车进行上门服务维修的业务，而当年日本车企在进入泰国市场 20 年后才推出类似服务；承诺的前期培训与各种扶持计划，上汽都一一做到了……上汽泰国项目团队还有做出很多让经销商意想不到的举动：2015 年，上汽在曼谷建设了 3 万多平方米的试驾中心,成为泰国市场上第一个自建试驾中心的汽车品牌,不少日本车企纷纷前来"取经";2016年6月底,上汽还在泰国推出二手车品牌……

经销商态度的转变,也来自于真切感受到了消费者的认可。记者在经销店采访时,遇到开着车来店内做保养的泰国消费者山姆。阳光帅气的山姆正在读大三,他2015年11月刚买了辆"名爵3",从言谈中能感觉到他对这款车的喜爱:"造型年轻、发动机马力足、价格适中、做工和用料都很棒。"山姆身边的很多年轻朋友在试驾过他的车后,也想买。

2015年,上汽在泰国实现汽车销售近5000台,年底"名爵"位列泰国汽车行业排名第14名,一下轰动了泰国汽车市场,2016年上汽在泰国汽车销售量更达到1万台。

眼见"名爵"在泰国车市发展一天比一天好,原来"牛气"的经销商为了与上汽合作,甚至主动放弃了老生意。泰国经销商赛果雅经销马自达品牌多年,还拿过马自达在曼谷地区的销售大奖;它看到"名爵"发展很旺,就想同时与"名爵"合作。马自达公司得知此事,放下狠话:只能在马自达与名爵中"二选一"。赛果雅在与上汽泰国项目组沟通后,最终决定放弃马自达品牌。

不少泰国经销商代表后来被上汽请到中国,在参观过上汽总部与各地的制造厂后,泰国经销商更是铁了心要跟着上汽干,目前上汽在泰国已有64个经销网点。

员工本地化率90%,文化生活相融

小城罗勇合美乐工业园区是汽车工厂集聚地,上汽泰国第一个汽车工厂就在这里。工厂中目前有中泰员工670多名,总面积6.4万平方米,已拥有完备的整车生产装配能力。待开篇提到的上汽泰国第二个汽车工厂建成,上汽泰国项目还要再招至少1000名员工。

在泰国,想组建一家整车厂,最难的是"找人"。"汽车人才在泰国是顶尖人才,从优秀的管理人才到熟练的蓝领工人,车企之间都在努力争抢。"罗勇工厂平台与项目部经理李晓东说。

"上汽在泰国建立的是一体化的海外生产基地,不光要把产品输出去,还要把'本地化'做起来:本地化的营销体系、生产体系等等,能与上汽国际平台打通。"上汽集团国际业务部总经理杨晓东说,这既需要真正认可上汽的本地人才,也需要能融入当地文化的派驻人才。

上汽泰国生产基地就在探索一条培养"本地化"人才的道路。

上汽泰国罗勇汽车工厂制造部总监苏瓦特,是一位土生土长的泰国人,笑起来富有亲和力。在进入上汽前,他在汽车行业摸爬滚打了20多年,在日本、美国等知名车企内工作过。在上汽一位国际顾问的引荐下,苏瓦特与上汽相关负责人进行了面谈,双方一拍即合。确定了自己在罗勇工厂的职位后,苏瓦特开始为工厂招兵买马。凭借自己多年积累的人脉与在行业中的影响力,他为罗勇工厂迅速组建了一支能力过硬的员工队伍,不少经验丰富的"老部下"在他的"游说"下都跟随而来。

上汽泰国项目中员工本地化率高达 90%,对派驻的中方人员来说,不可避免遇到了文化融合的问题。

泰国人相信"这辈子做不完的事,来生可以接着做;这辈子还不了的债,下辈子可以继续还"。在办事速度上,他们似乎更习惯"慢慢来、悠着点",不少事情被拖得让崇尚效率的中方员工"望眼欲穿"。微笑、点头几乎是泰国人的"标签",但放在工作中就有了问题,向泰国员工交代工作,他们都微笑、点头,中方员工以为对方明白了自己的意思,但等到工作成果上交时,才发现泰国员工压根就没弄明白。

怎么办? 泰国员工效率不高,中方员工就以身作则做表率。四年来,上汽泰国营销团队中方员工几乎周末不休息,每天保持"早 7 晚 11"的超强度工作节奏。

泰国员工没搞清楚却藏着不说,中方员工在进行工作衔接时,就不厌其烦地反复解释、反复确认,保证对方一定弄懂自己的意思,并经常跟进工作进展……

在潜移默化中,泰国员工开始接受这家中国企业的做事风格。记者在罗勇工厂采访时,本已过了下班时间 1 小时,工厂与办公室大部分区域已熄灯,但记者偶遇一位泰国员工独自坐在格子间内默默加班,看到记者还点头打招呼,原来她希望把今天的任务完成再走……

6 跨跃

上汽泰国项目辐射东盟市场的效应正在显现,正计划向印尼拓展……但上汽泰国项目团队对取得的成绩并不满足。张海波说,希望体系建设更加完善,团队建设能再快一些。上汽集团的战略目标是成为全球布局、跨国经营,具有国际竞争力和品牌影响力的世界著名汽车公司,而海外经营之路,未来将更值得期待。

在硅谷播下创新种子

——上汽集团硅谷创新团队调查

吴长亮　唐　烨

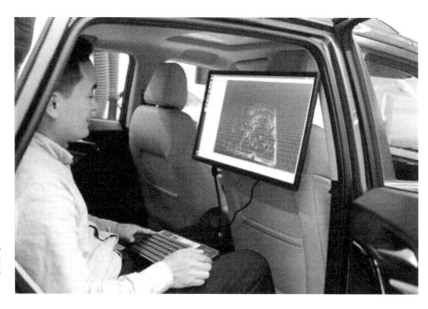

上汽加州创新中心工程师测试智能驾驶系统。本报记者吴长亮 摄

　　早在 2003 年，中国最大的整车制造企业上汽集团率先在美国硅谷设立风险投资公司；2016 年，上汽集团再度亮出大手笔，正式在硅谷组建上汽加州创新中心。

　　在这片以斯坦福、伯克利等名校为依托，诞生了谷歌、苹果、脸书（facebook）等全球互联网行业巨头的土地，上汽如何谋篇布局？这几年他们又干得如何？

8 跨跃

寻找创新种子

硅谷腹地,沙丘路 2882 号,上汽加州资本管理有限公司办公所在地,投资总监阿尼什坐在记者对面侃侃而谈,眼神狡黠机敏。

2016 年年初,硅谷一家专注于锂电池研发的初创公司开展了新一轮融资。因为持有业界最前沿的锂电池核心技术、以及强大研发团队,消息一经漏出,硅谷风投圈里几乎所有大佬闻风而动。正在新能源领域厉兵秣马的上汽,对此类项目的兴趣不言而喻。"因为人脉,我们第一时间就得到了这家公司的融资需求信息;基于合作伙伴的信赖,我们获得了参与跟投的邀请;在最后的比选阶段,我们成功地超越了硅谷的某业内知名产业资本,加入了世界级合作投资团队,以数千万美元级别获得了相应比例的股份。"全程参与此项投资的阿尼什讲起来一字一顿。

经此一役,上汽加州资本在硅谷风投圈一战成名。从公司注册成立之日至记者采访,上汽加州资本总共投资近 10 家初创公司,总投资超过 5000 万美元。从籍籍无名的新晋者到圈内颇具知名度的参与者,上汽加州资本实现这一蜕变,只用了两年时间。

蜕变,发端于眼界和格局。

硅谷可谓"土豪"云集,有一份统计表明,全美风险投资总额的三分之一集中在硅谷地区;在硅谷,最顶级的风投公司又全部集中在林荫葱茏的沙丘路(sand hill road)上。因为都是不缺钱的主儿,这条路上的办公室的租金之高令许多创业公司望而却步。没有半分犹豫,从一开始,上汽就将加州风投公司的办公地选定在了沙丘路,为的是与世界上最优秀的公司对标找差距。而事实也证明了上汽的选择是对的——沙丘路的门牌如同一道标签,为上汽加州资本建立了专业风投的影响力。记者看到,和上汽加州资本在同一幢楼里办公的有摩根斯坦利,还有美国通用。

硅谷最重要的资源是什么? 是人才。硅谷风投圈资深投资人琼恩·卡斯特接受记者采访时直言,世界各地的风投圈都不大,硅谷风投界的圈子其实更小,作为"freshman"(新晋者),同行们愿不愿意带你玩,生死攸关。意识到这一点,上汽加州资本便四方延揽资深口碑投资人加盟团队。

卷头发的印度裔美国人阿尼什,是上汽加州资本注册成立之后招纳的第一位投资总监,入职于 2015 年初。此前,他先后在美国通用设在底特律和硅谷的风投公司担任投资经理,有 6 年以上的从业经历。和长期浸淫于汽车行业的阿尼什不同,另一位投资总监迈克尔·科恩来自旧金山,早年毕业于斯坦福商学院,名校出身加上多年投行经历,使其在圈内人脉极其深厚,因此被同事们誉为硅谷"路路通",他的投资方向主要集中于共享经济和智能互联领域。阿尼什、迈克尔·科恩,韩国人 Yoon Choi,以及思科公司出身的华裔王涛,四位投资总监的文化背景、从业履历和专注领域截然不同,他们构成了上汽加州资本的"黄金四人组"。

随着团队的慢慢成型和公司知名度的逐渐提升,每个月入库的"种子项目"变得源源不断,品质也让人欣喜。硅谷是一片创新技术与资本运作完美结合的土地,这些创新的种子的孕育,是上汽人不远万里扎根硅谷的"初心"。

捕捉前沿技术

在硅谷的另一侧,上汽加州创新中心挂牌成立不到两年。来自上汽集团前瞻技术研究部的工程师们陪同记者进行了参观。在这里,我们看到了从大洋彼岸运来的整套测试设备。

工程师吕成浩钻进实验室里面一辆簇新的名爵锐腾 SUV,向记者展示他们正在测试的智能驾驶系统。

"上汽加州创新中心自动驾驶团队正与硅谷的创新公司进行充分的交流,激光雷达技术就是其中之一。在进行该技术的产品设计阶段交流研讨的同时,也开展了硅谷当地对新技术的快速验证和测试。"吕成浩说。记者注意到,这套系统和谷歌无人驾驶技术采用了完全不同的技术路径,车顶上也看不到支架和摄像头。

和吕成浩同期派驻硅谷的崔王君毕业于复旦大学材料工程系,2013 进入上汽之后,一直在电池团队进行储能系统的研发,主要负责开发、寻找、评估新能源领域的创新技术,同时寻求合作伙伴,共同研发下一代车载新能源技术。崔王君透露,通过与各大知名公司设在硅谷的电池研究院交流,他们发现一些主流汽车厂商正在研发下一代全固态电池,这种电池能量密度更高,更安全,相比目前普遍采用的锂电池技术,同样重量的固态电池能够为车辆提供 3 倍以上的续驶里程。此外,电池快速充电技术也是硅谷同行们关注的焦点。

这些技术,无疑都是上汽发展新能源汽车所急需的。进驻硅谷之后,上汽加州创新中心积极与斯坦福大学能源材料实验室合作研究电池技术,前瞻布局 10 年后的电池产品技术。

全面推进的项目使得团队建设,尤其是团队的本地化,成为了上汽加州创新中心面临的最大挑战。硅谷虽然人才富集,但创业氛围无出其右,很多有一定从业经验的优秀年轻人更愿意自主创业,或者进入那些具有巨大增长潜力的初创型公司。不管是老牌的英特尔、甲骨文,还是如日中天的谷歌和苹果,都不是他们眼中的香饽饽,至少不是第一选项。上汽眼前的困难,可想而知。

除公司管理层外,2016 年上汽加州创新中心共有十多名员工,其中一半左右为上汽集团派出。上汽加州创新中心负责人透露,预计 2017 年公司招募员工总数将达到 50 人左右,且新增员工全部本地化。只有达到这样一个规模,创新中心才有可能独立自主地为集团提供技术解决方案,持续创造价值。采访过程中,一场新的招聘面试见缝插针式地进行。专门驱车赶来帮助面试的 IBM 公司软件集团高级工程师、资深顾问凌棕博士说,这次来的几个小伙子各方面条件都不错……

服务集团战略

2014 年年中,上汽领导班子明确了上汽集团的战略目标——成为全球布局、跨国经营,具有国际竞争力和品牌影响力的世界著名汽车公司。在新一轮发展战略中,"前瞻技术"成为上汽集团主攻的重点,研究前瞻技术,成为其从"红海"走向"蓝海"和在技术上由"追随者"转向"引领者"的路径选择。

正是在这样的背景之下,上汽集团领导层把目光投向了太平洋对岸的硅谷。近年来，通用汽车、大众、丰田、奔驰、宝马等汽车跨国巨头纷纷在硅谷布点，成立创新中心或风投机构。如果说底特律是美国汽车制造和技术研发的传统中心，那么硅谷已然成为全世界汽车产业技术革命的新中心。

在硅谷，每时每刻都在诞生"创新种子"，捕捉种子的风投，是当地最成熟的行当。车企参与风投，加速这些"创新种子"转换成产品和技术，企业分享知识产权，继而能在世界各地的工厂生产新一代汽车。可以说，在硅谷有一席之地，相当于手握了进入世界汽车科技最前沿的"入场券"。这也就要求，上汽在硅谷的投资，不是短期的博眼球，也不是单纯的商业逐利，而是肩负着把握产业发展大势，为集团"赢未来"的重大使命。具体而言，就是以前瞻科技为突破口，形成"技术与资本"相结合的"差异化"前瞻技术研究模式；围绕新能源、新材料、智能互联等技术方向，为集团进行技术和人才储备。

不仅要立足，更需要扎根。所以，上汽加州两个项目始终稳扎稳打：自登陆资本云集的硅谷办公地以来，已经启动了二期基金的募资计划。同时，当地专业风投律师行和知名会计师事务所的加入给予公司发展过程中专业的咨询和支持。更为重要的是，无论是上汽加州资本，还是上汽加州创新中心，都在加速融入硅谷的创新生态、融入当地的创业文化。在硅谷，上汽人感受到这片土地对人和技术前所未有的尊重；也是在硅谷，项目团队进行外部合作时始终强调：我们并不觊觎你们的知识产权，我们希望共同研发。

上汽加州创新中心办公室大门边上，贴着五彩斑斓的蝴蝶照片。年轻的上汽人告诉记者：有种说法——亚马逊雨林一只蝴蝶翅膀偶尔振动，也许两周后就会引起美国得克萨斯州的一场龙卷风——那么，上汽集团在硅谷里播下的一粒创新种子，或将引领整个行业的大未来。

硅谷 最火爆的创业加速器长啥样?

吴长亮　唐　烨

① ②
③ ④

① 谷歌公司总部
② 伯克利大学校园
③ 斯坦福大学校园
④ GSVlabs 创业加速器

　　到硅谷之前,听许多国内投资人谈及这片沐浴在明媚加州阳光下的土地。于他们而言,硅谷就如同穆斯林眼中之麦加,又或佛教徒眼中之冈仁波齐。这个时代如果你不曾来过硅谷,总难免有种失落感,仿佛文艺复兴时期没有到过佛洛伦萨、19 世纪不曾去过巴黎、20 世纪又错过了纽约……一种类似于时代脉搏的东西。

⑤｜⑥
⑤ 上汽加州资本投资总监王涛、硅谷风投圈资深投资人琼恩·卡斯特先生
⑥ intel 教育加速器内的初创公司

　　驱车经金门大桥，沿海湾一路前行，不曾想，硅谷就这样扑面而来。站在途中某处地势的最高点俯瞰硅谷全景：一道狭长的谷地从旧金山湾南端一路由西北向东南绵延到圣何塞。很难想象，50 多年前，这一片绵延近 40 英里的山谷里还种满了苹果和杏子。

　　今天，错落其间的则是整个世界最负盛名的高科技公司：Google、Apple、Facebook、Intel、Cisco、Oracle……更为重要的是，这里还有不计其数的正在某个地下车库里孵育着的小公司，三五个乳臭未干的毛头小伙儿，正在沉浸于实现他们的"Big Idea"。不可否认，它们 90％以上都会失败，但大浪淘沙，总会有那么几个公司，有一天突然就如同太阳般耀眼，整个世界的面貌都因它们而改变。

　　采访完上汽集团设立在硅谷的创新中心和投资公司之后，记者顺理成章地提出要去感受一下当地的创业氛围。于是，上汽加州资本的投资总监王涛和硅谷资深投资人琼恩·卡斯特先生向记者"隆重推荐"了斯坦福大学 GSVLabs 创业加速器。途中，王涛用他浓重湖北口音参杂英文单词这样描述 GSVLabs 的火爆：两年前，这个加速器里面仅有 30 个创业团队；今天，这个数字增长到了 170 个！

　　坦白讲，走进 GSVLabs 那一刻，记者并未感觉到它和上海这两年雨后春笋般的众创空间有何不同。和国内一样，GSVLabs 也是一种混合型的联合办公场所，里面既有三五个人的小公司，也有大一些比如 10 人、20 人的团队，而 Intel 则拥有一个独立区域"教育加速器"。这些企业共用一些基本办公设备节约成本，定期的交流活动则可以补充知识面、人际圈的不足。总体而言，这里比国内大部分的众创空间人气要足，使用率还是蛮高的。

琼恩·卡斯特先生本人在这个空间内，投资有一家通过智能手机实现智能家居控制的公司 Muzzley。琼恩·卡斯特介绍，相较于安装一款独立的设备作为联网智能家居产品的中枢，Muzzley 公司选择将智能手机作为其控制中心。其应用适用于 iOS、Android 甚至是 Windows Phone 系统平台，能够支持 Nest 恒温器、WeMo 灯光开关以及数十种其它智能家居设备。据说，他们还在开发一项新的"智能化功能"，旨在为用户提供家居环境设置建议，例如在用户进入房门时对智能恒温器的温度设定进行优化。

琼恩·卡斯特说，GSVLab 作为一家加速器，入驻这里的全部都是初创公司，而不再只是一个团队那么简单，这些创业公司的共同特征是他们都拿到了天使轮 A 轮甚至 B 轮的投资。譬如 Intel 教育加速器，直接面向初创企业和更高阶段的初创公司。成功入选的初创公司可以获得英特尔 5 万美元资金支持，作为回报，英特尔将获得该公司 6% 的股权。此外，英特尔还会额外给予这些入选企业 5 万美元资金支持，以便入选企业能够走完孵化器接下来的程序。

关于 GSVLabs 和国内众创空间的区别，长期"混迹"于硅谷创投圈，同时又经常回国交流的王涛有自己的理解。他强调，硅谷内诸如 GSVLabs 的加速器或孵化器，对应的分别是企业不同的成长阶段。如果你达不到孵化器的门槛，首先他不会允许你进来；但是一旦你孵化成功，成长到一定规模和量级，他们又会及时地把你"扫地出门"。与此大相径庭，国内的孵化器因为缺项目、缺人气，通常捡到篮子里都是菜，很多连行业都不分，更遑论根据企业成长的阶段来设门槛了。我们通常会发现，某一些规模和体量都很大的初创公司，还和三五人的小团队"混居"一起。

当然，以上种种还仅仅是表象上的不同；更为根本的差异，来自于独特的斯坦福＋硅谷创新集群模式：一方面，斯坦福大学为硅谷提供了一个无可复制的知识生态；另一方面是硅谷产业链上下游和跨产业的企业之间，以及企业同科研院所、中介机构及政府之间形成了一种能够相互促进创业创新的协同机制。

了解硅谷历史的人都知道，从某种意义上说斯坦福大学就是孵化硅谷的母体。1951 年，斯坦福大学工程学院院长弗雷德里克·特曼教授创建了世界上第一个科技园——斯坦福研究园。随着美国西海岸"高科技带"的兴起，斯坦福大学依托学校雄厚的教学和科研力量，将研发重点放在半导体这一新兴技术上，为整个区域发展构建了一个产业化生态系统。很短的时间里,斯坦福研究园被科技集团与企业重重包围,并不断向外发展扩张,形成美国加州科技尖端、精英云集的"硅谷"。

今时今日,"硅谷效应"已扩展到世界许多国家地区,但实践证明,那种仅把大学、科研机构和风险资金等放在一起就能成功的观点是难以成立的。硅谷的难以复制,因为它有着其他地方所不具备的天使投资与风险投资生态系统,有着鼓励冒险、宽容失败的创业文化,严格的专利保护体系等等。王涛说,在硅谷,创业、冒险是一种风气。企业家开创从前没有的事业。新想法、新产品、新工艺、新市场,从无到有,弃旧从新。他们不满足四平八稳,勇于探索冒险。这使硅谷形成了企业家创业文化和精神。这种文化精神还蕴藏着另一个重要理念——接受失败。在硅谷创业的失败率很高(60%—70%),能存活十年以上的公司只有10%,10%—20%的公司存活3—5年。失败成为硅谷经济运行的组成部分,它淘汰了开创公司开发产品初期不切实际的想法,同时也锤炼了那些从失败中站起来再干的创业者。

采访当日,加州的阳光同样明媚,记者穿过一排长达一英里的高大棕榈树,一片巨大的椭圆形草地让人顿觉豁然开朗,草地正对面是一组西班牙风情的主四合院,一种明艳的黄色,在阳光下显得明朗活泼,背后是加州粗犷的山脉。左手上方,则是那座为国人所熟知的胡佛塔。草地中央,有硕大的125三个阿拉伯数字,这显然代表着这所伟大大学的深厚历史。

讲到历史,当历史学家回望过去,总是能找到一些转折点,或者十字路口,一个人或者组织,做出一个关键的决定,抓住或者没有抓住一个足以影响其未来格局的机会。1951年,弗雷德里克·特曼决定创办在校园创办工业园区,将校园的土地租给当时的高科技公司使用,就被认为是这样一个决定性瞬间。

这样一个瞬间,不仅彻底改变了斯坦福大学的格局,也从根本上奠定了今日硅谷之基础。

突出重围的漂亮一仗

——上实集团积极探索"境内外联动"发展模式的启示(上)

黄海华　吴卫群

深圳横岗再生水厂

　　上海实业环境控股有限公司的总部位于新加坡,从它的会议室望出去,远处是繁忙的新加坡海峡,近处是葱茏的滨海湾堤坝,里面有新加坡第一个位于中央商业区的水库,海水在这里经过处理变成可供人们使用的淡水。

　　新加坡是个极度缺水的国家,通过政府长期的努力,已被誉为"全球城市高效用水及创新水循环科技的范例"，并汇聚了一批水务环境投资与技术研发的公司。就是在这里，上海实业集团在 2010 年成功收购了一家名为"亚洲水务"的上市公司，将其更名为"上实环境"，并转新加坡交易所的主板上市。通过 6 年的发展，该公司在 2016 年已位居中国水务环保产业的第一梯队，在中国拥有 80 多个水务项目及 4 个固废焚烧发电项目，水务日处理能力近 1000 万吨，固废日处理能力 3800 吨，业务覆盖中国 15 个省及直辖市。按照 2016 年 2 月份 Global Water Intelligence(GWI)公布的"全球市政水务运营商 40 强"排名，上海实业已成为全球第七大市政水务运营商。

一个晴朗的日子，记者身处这间看得见大海的会议室，听上实人讲述在新加坡收购兼并的故事，仿佛经历了一场跨境经营与资本运作的硬仗……

卷入"恶意收购"，这一仗相当艰苦

几乎每一个参与收购亚洲水务的亲历者，都会用意味深长的口吻告诉记者：这一仗，相当艰苦复杂，但意义非凡。

2008 年全球金融危机爆发，中国首家在新加坡上市的环保能源类公司——"亚洲水务"股价暴跌，面临破产，开始寻找拯救者进场。

其时，上实集团正计划加大对环境产业的投资。"2008 年开始，我们感受到国际资本市场对新能源和环境板块的关注，环境企业在二级市场的市盈率倍数开始显著高于一些周期性行业的企业。"上实集团总裁、上实环境董事局主席周军介绍。

早在 2003 年，上实控股就开始布局水处理等环保行业的投资，与央企中国节能合作，共同投资 5 亿元人民币组建了"中环保"水务公司。中环保成立后，主要依靠双方股东的增资和银行贷款来进行项目投资，迅速成为中国上大影响力水务公司，由于商业模式相对传统，不能达到股东在环保行业快速、超常规发展的战略预期。正在思考何去何从之际，亚洲水务的出现触发了通过"收购有潜力的资产"来实现快速发展的战略。

2009 年，上实控股正式发起对亚洲水务的收购，整个收购过程用

了近 1 年时间。周军是该次收购的前线总指挥,他在上海实业工作 20 年,组织、领导和参与了近 20 起大型收购兼并与 10 多起股权与项目投资,包括 4 家上市公司,目前这些公司涉及的资产合计已经超过人民币 1000 亿元。谈到对亚洲水务的收购,周军说:"这是我首次收购海外上市公司,交易的复杂性与竞争的激烈性是我们没有料想到的,国企的背景与实力在第三国无法起作用。在国外市场,要尊重当地的法律规定和交易规则,凭借操作技术与专业实力,最后我们的团队做到了。"

收购亚洲水务的过程可谓一波三折,上实本来作为善意收购的"白武士"角色出场,提供了一整套的重组计划,但因为资本投机者搅局,原有的重组计划被推翻。在新加坡市场存在一批专业的资本"玩家",发现了亚洲水务的交易机会,谋划代表部分债权人去接管亚洲水务在华的主要实体企业,但公司的管理层与其他债权人并不买账,在抵抗市场投机者的过程中,逐渐演化成了一场恶意收购。现任上实环境执行董事的冯骏回忆起第一次重组方案表决时候的情形:在 2009 年 7 月 28 日的亚洲水务股东会议上,亚洲水务的股票共计 1.97 亿股,而上实以 10 万票险胜头号竞争对手。

第一次交锋后,硝烟未尽,资本投机者接连向上实团队发起挑战。

上实团队历时逾一年,经历了艰巨的谈判,完成了大量细致的工作,最终在 30 多家竞争者中突出重围,赢得了亚洲水务各利益相关方的选择,重组方案得到了通过。上实通过认购亚洲水务定向增发的新股,成为了控股股东,并避开了公众持股不足可能退市的难题。定向增发募集的资金及后续供股募集的资金用于偿还债务、支付利息及补充营运资金。"这不仅挽救了亚洲水务清盘破产的命运,也降低了公司后续经营的财务成本。"周军介绍。

重树"龙筹股"形象,给市场一份惊喜

收购成功只是一个开始,后续的经营管理是对团队更大的考验。2008 年之前曾有一大批中国企业到新加坡交易所上市,被称为"龙筹股"(S-chips,即在新交易所上市的中国企业股票)。然而这些企业多

为家族企业，许多公司管理上无法融入当地文化，随着多起财务诈骗、虚假信息披露等事件，中国企业在新加坡资本市场的形象逐步恶化，一度被当地投资者看好的中国概念股被蒙上了阴影。

新加坡的公司法规定，独立董事必须本地化，初来乍到的上实环境聘请了多位当地颇具威望的人物担任独立董事，包括有政府议员、法律事务所和会计公司的合伙创始人。但不久，其中一位独立董事以公司业务在中国大陆以及对于中国政府的政策较为陌生为由提出辞职。

为了尽快在新加坡建立起公司形象，上实环境加强内部管理控制，发挥上市公司监管规则与上海国企的优点，在信息披露上，尽可能做到透明与详实。新加坡交易所对上市公司要求严格，规定各类质询和公司回答须在交易所网站上公开。此外，还定期对会计报表罗列出检查清单，仅对季度报表的检查清单就有 10 页 A4 纸那么多。上实环境的财务部不仅高质量地完成"规定动作"，还主动增加完成了若干"自选动作"，在每季度聘请第三方核数师对财务报表进行审阅。

在收购完成后的一段时间里，新加坡交易所要求公司法人代表须由新加坡人担任，或由在新加坡供职的人担任，并且要求公司对账单须到银行机房打印。上实环境带律师前去交涉，"我们可以接受严格的监管，但不接受歧视性的对待。"上实环境成为第一个前去申诉的来自中国的上市公司。

新加坡市场对"龙筹股"本来抱有一些成见，而上实环境的出现给了市场一份惊喜。在新加坡市场耕耘了 6 年，公司市值在收购前不到 1 亿新币，而从 2016 年 8 月前数据显示，最高到达 20 多亿新币。上实环境在新加坡的中国上市公司中可谓独树一帜，成为新加坡市值规模增长最快的环境类上市公司，跻身上市公司百强行列，连续 4 年获得新交所颁发的"公司治理最透明奖"，新加坡证券投资者协会授予"投资者选择奖"。

收购兼并融产结合，连续六年快速增长

"上实环境的大部分资产是收购兼并得来的，我们平均每年完成 100 万吨水务项目的收购，若仅依靠新建项目，估计需要 20 年才能达

到目前的规模。"周军笑着说,"上实环境项目的另一大特点是单体体量都不小,单个项目日处理量平均要有 8 万吨至 10 万吨,这和公司采取的一线、二线大城市战略有关。"

6 年间,公司通过积极并购与规模经济的发展战略,水务日处理能力从 100 多万吨提高到近 1000 万吨,固废发电规模从零发展到每日 3800 吨,公司盈利水平从 2000 多万元人民币提高到近 4 亿元人民币,实现了连续 6 年的两位数业绩增长。公司总资产已经接近 130 亿元人民币。

善于收购兼并,熟于海外融资,跨境资本运作一直存在于上实的基因中。完成亚洲水务收购之后的 6 年内,以这家新加坡的上市公司作为平台,完成了 8 次大型收购,这些交易大多采取现金加换股票的方式。"一部分现金再加一部分股票作为收购对价,这种方式不仅可减少现金支出的压力,而且可以通过股票,将部分重要的原股东继续留在新公司里,这有利于收购后新公司的过渡与整合,并为企业的后续发展提供了管理上与技术上的一定保障。"周军表示。

上实环境的公司文化推崇创新与开放,在对这些收购来的企业整合上,没有采用常见的"杯酒释兵权",而是"海纳百川",实现高管留用率 80% 以上。不少高管曾是原公司的股东,在交易时选择了换成上实环境的股票,他们认为上实环境是"可以干事业的地方",愿意与公司团队一起创造事业的新高度,站上更高的平台,实现全国布局,这是原先地方性中小型环保企业的平台无法给予的。

事实上,能做成这 8 次收购,实现业务快速布局,与上实环境这一平台有着很重要的关系。新加坡的上市公司操作收购交易与国内上市公司在时间表上,有着显著不同。上实集团助理总裁、上实环境的执行董事许瞻介绍:"从谈判达成到公司公告,最快可以在 2 周内完成。若需召开特别股东大会投票的,最短能在 2 个月左右完成。"而中国的上市公司操作类似交易,目前大约需要 2—3 倍的时间。

此外,上实环境在境外运用的融资手法较为多样,包括反向收购、换股收购、闪电配售、私募基金投资公开股票、供股、短融、股东贷款、认股证等等。"在新加坡发行新股,有股东大会授信即可,新加坡交易所不再额外审批,唯有要求上市公司遵守交易所规则递交有关材料,并完成信息披露与公告。"周军介绍。上实环境的母公司上实控股,在香港是有很高信誉的综合性企业集团,近年来平均融资成本不到2%。跨新加坡与香港的两地平台,在海外融资与财务结构的安排上,拥有无可比拟的优势。在过去的6年间,上实环境总共完成了8次融资,融资总额折合人民币逾50亿元。周军表示:"这是公司产业发展战略和资本运作战略的有机结合,体现了上实集团融产结合的战略特征。"

记者在新加坡采访之时,正是上实环境财务部门忙碌的时候,他们是在新交易所环保板块中首家公布一季度业绩的上市公司。在上实环境的管理决策层看来,水务环境市场的前景颇为广阔,市场整合空间十分巨大。

在新加坡这个全球水技术和水金融的中心,上实人"收购兼并、融产结合"的跨越式发展还将继续。

"融"入优势产业，"融"入上海

——上实集团积极探索"境内外联动"发展模式的启示(下)

吴卫群　黄海华

上实基建收购"亚洲水务"，更名"上实环境"并在新加坡主板上市，转眼 7 年过去。2016 年，上实环境已经身居国内水务投资运营商"第一梯队"，全国 10 大最具影响力水务企业之一，同时，它也成为众多新加坡主板上市公司中，市值规模增长最快的环境类公司，跻身新加坡上市公司百强。

不俗表现的取得，是母公司上实集团成立以来，特别是近年来充分利用境内境外贯通运作的多平台、多通道，发挥跨境运作优势，合理利用境外低成本资金，以及便捷高效的融资通道，对接境内转型和发展中投资机会的一个比较突出案例。2013 年年初，上实集团旗舰企业上实控股(0363.HK)抓住市场短暂窗口期，几天就完成了 5 年期 5 亿美元零息可转换债券的发行，这在境内市场是难以做到的。

五大优势境内外联动

境内外不同平台、不同游戏规则、面对不同的投资者，上实集团为何能如此游刃有余？

上实集团董事长王伟向记者介绍道，"因为我们作为总部在香港、具有国资背景的综合性跨国企业集团，与其它企业相比，有五大独特的优势——平台优势、通道优势、人才优势、资源优势和机制优势。"众所周知，上实集团历史上作为上海市政府的窗口企业，1981 年就已经在香港注册成立，说它是上海国企中最早"走出去"的也不为过。

平台优势。上实集团总部在香港，上海上实是在上海的国有独资公司，从而形成了香港和上海两地总部、境内外两大运营平台。上实集团旗下有五家境内外上市公司，还有波罗的海明珠、崇明东滩两大区域开发项目，以及金融类、投资类各类平台，这些平台丰富了集团的运作空间。上实集团境外总部由于信誉一直良好，近年来平均融资成本不到 2％，远低于境内平均水平。

通道优势。上实集团利用境内外多个平台，打通贯通境内外资本市场运作的多通道，可以让境内外资金、税收、政策、体制等各种优势结合。上实集团还在上海自贸区设立双向资金池，利用外资、国资双重身份，进出快捷便利。

人才优势。上实集团在香港打拼 30 多年，拥有一批具有国际视野、成熟市场运作经验的综合性、复合型人才，它也一直在为上海培养、输送市场化、国际化人才。人才资源是上实集团"融产结合"、境内外联动发展的核心，"让想做事的人有舞台，做成事的人有地位"是上实集团的企业文化。另外，随着核心产业的发展，专业人才和职业经理人队伍也不断壮大。

资源优势。在 30 多年发展过程中，上实集团积累了大量有形资源和无形资源。无形资源既有"南洋兄弟"、"天厨味精"、"杭州胡庆余堂"等百年老店，又有长期在香港稳健经营创下的"金字招牌"，积累了一大批优质客户和投资者群体。此外，上实集团多年来积累了丰富的资本运作经验与产业经营能力，可根据市场和集团情况，适时实现资源、资本、资产、资金之间的相互转化。

"最后是机制优势。上实集团作为具有国资背景、在香港跨境经营的综合性企业集团，拥有境内外双重身份、双重背景，可以灵活利用各种机制、政策，建立适应性的机制，实现'左右逢源'。我们咬定'规划先行、规模经营、规范运作、规避风险'的'四规'方针，战略制定之后不能随意调整,这是原则性,但战术可以不断变化,这是灵活性。"王伟说道。

积极探索金融投资平台

五大优势,化作进一步发展动能,让上实集团如同一名"冲浪高手",在境内外两个市场取得了一次又一次 1+1>2 的上佳表现。

自 2013 年起,上实集团正式对外宣布,以"融产结合"作为企业发展的 2.0 版本,把集团打造成为"中国领先的产业投资和创新发展平台"和"综合性跨国企业集团"。

2014 年至 2016 年间,上实集团积极开展资本运作,通过资本市场融资 317.63 亿元人民币(包括股本融资 75.7 亿元人民币及发行债券筹集资金 241.93 亿元人民币),投资并购交易额年均超过 100 亿元人民币,有力推进了集团产业拓展和重大项目实施,优化了业务和资产结构。其中,2016 年集团通过境内外总部和财务公司平台支持绿色环保和大健康产业的资金总额达到 83 亿港元,同比增长 51%。集团目前拥有上实控股(0363.HK)、上海医药(601607.SH/02607.HK)、上实发展(600748.SH)、上实城开(0563.HK)、上实环境(BHK.SG)5 家境内外上市公司,资产证券化率超过 80%。

2013 年,上实集团投资成立上海自贸试验区内的首家融资租赁公司。2014 年,成立上海上实财务公司。是年 6 月,斥资 61 亿元人民币受让国际集团下属 6 家类金融和房地产企业。这一次市场化的跨界重组、跨集团整合,对加速上海国资流动平台的建设有着重大意义。2014 年底,上实集团又积极参与浦东科投混合所有制改革,以市场化方式引入经营管理团队为主的战略投资者。

"融产结合"做大做强

"融产结合"的第二个端点,是"产"。上实集团领导班子深知,金融投资业能否有力地推动产业发展、放大产业能级,特别是在当今"供给侧结构性改革"大背景下,落实中央"着力振兴实体经济"的要求牢牢聚焦优势产业,做大做强,是"融产结合"这篇大文章写得是否精彩、是否有成效的关键。

过去三年里,上实集团精心执笔,交出了一份令人满意的答卷。2017年上半年,集团继续保持良好增长势头,实现营业收入784亿元人民币,同比增长14%,利润总额62.9亿元人民币,同比增长15%。营业收入、归属于集团净利润、总资产等多项指标在上海国资系统竞争类企业中位于前列。上海医药获评"2017福布斯全球企业2000强中国医药类上榜企业第2位";集团水务日处理能力达到1700万吨,行业排名位居世界前列。

"融产结合"是上实集团的核心,事实上,上实集团领导班子始终牢记的还有一个"融"——"融入上海"。2013年,投资1.8亿元人民币收购青浦第二污水处理厂,投资5.3亿元人民币收购浦东御桥垃圾焚烧项目50%股权。积极参与虹口区"北外滩"旧区改造和基础设施建设。仅2013年全年,上实集团及下属企业共向上海各级财政贡献税收超过30亿元人民币。"沪港通"实行之后,上实集团又明确表示,旗下境内外上市公司都要积极争取成为"沪港通"的良好标的……据悉,2013年至2016年间,集团每年向上海地区投资占比约60%,"融入上海"力度为近年来之最。

2017年上实集团明确了"立足香港、依托上海、服务国家战略、走国际化道路"新的发展定位。"新"字背后,既是过去发展成绩的肯定,更是未来肩负任务的转换。上实集团将全面贯彻落实党的十九大精神,按照上海市委、市政府作出的战略部署,不断增强责任感和使命感,激发企业家精神,持续深化"以融产结合、创新发展为统领,再次国际化、深度资本化、聚焦大健康、拓展新边疆"的发展战略,认真贯彻中央"一国两制"方针和国家"一带一路"倡议,进一步提升国际化水平,成为真正的香港本土化企业;积极投身上海科创中心建设和崇明世界级生态岛建设,全力抓好医药板块,特别是生物医药板块的发展,为上海生物医药产业作出积极贡献;智能化深耕基建业务,努力成为综合解决城市问题的国内标杆,让城市更先进、更环保、更可持续发展;向着中国领先、全球知名的产业投资与创新发展平台不断迈进。

建工人的皮肤黑了，但品牌亮了

上海建工为柬埔寨打造一个个国家标杆工程，诠释"中国速度·上海质量"

刘　锟　龚洁芸

"有路才有希望"，柬埔寨首相洪森不止一次这样形容柬埔寨基础设施建设的重要性。

从 2004 年临危受命"深入"热带雨林为柬埔寨修筑 7 号公路起，上海建工从零开始扎根柬埔寨整整 12 年，先后完成和在建施工道路累计 1500 公里，在柬埔寨湄公河及其支流修筑五座大桥和一座集装箱码头。上海建工人用打磨"艺术品"的专业精神，为柬埔寨打造了一个个国家标杆工程，完美诠释了"中国速度·上海质量"。在当地，上海建工柬埔寨项目部成为最了解柬埔寨的筑路造桥"专家"。

与任何一个"走出去"的企业一样，上海建工也曾经面临迷茫，甚至被当地人误解。因地制宜，上海建工用中国规范根据柬埔寨特点，摸索出了一套在柬埔寨筑路的"新标准"。正是 12 年始终如一的坚守，让上海建工与柬埔寨的发展融为一体。

正如柬埔寨工程部官员所言，上海建工人的皮肤黑了，但品牌亮了。

让"吴哥的微笑"更灿烂

记者一行首站飞抵柬埔寨暹粒，从这里作为起点探寻上海建工的故事。

这座有着上千年历史的古城,以各类保存完整的庙宇而闻名世界。其中,以大小吴哥窟最为有名,并成为柬埔寨的国家标志。但因交通落后,以往从这里出发前往不足 300 公里的首都金边最快都需要 8 小时车程,柬埔寨旅游景点之间的集群效应因此被大大弱化,严重制约了旅游业和相关产业发展。

2016 年始,这里将因一条贯通暹粒与首都金边的国家 6 号公路而发生改变。从城区驱车五分钟,记者一行就跨入了崭新的 6 号公路起点:上海建工的 LOGO 显著而醒目。没错,这就是上海建工为柬埔寨全新修筑的国家 6 号公路:整个工程 247.7 公里,2012 年开工建设,记者采访期间正处于收尾阶段。加上之前上海建工先期完工的连接金边城区的 40 公里 6A 号公路,上海建工为这个国家贯通了最重要的两座城市。这也是上海建工入柬以来合同总额最大的项目。

有着十几年驾龄的柬埔寨老司机阿丁告诉记者,以往前往金边,一旦遇到雨季,路面坑坑洼洼,基本无法前行,交通事故频发。6 号公路将使两座城市之间的车程缩短至 3 小时左右。

当车子行驶至磅湛省斯昆路段时,道路上一群身着"红底黄杠"标有"上海建工"字样的工人正在为路面铺设沥青。此时,车内显示室外温度 43℃,而加上沥青上百度的温度,混杂在其中的上海建工人肤色黝黑,已经与柬埔寨当地工人一样,根本无法辨认。上海建工项目部 6 号路项目经理吴杰说,除了机械操作以及现场管理人员,工人大多为柬埔寨当地人,可以实现最大化的节约成本,每月 200 美元的收入也已经属于柬埔寨中上等水平。

在 6 号公路 8 工区,上海建工施工方杭州某公司负责人何凡舟正在准备着最后的收尾工作。何凡舟来柬已 6 年有余,这次参与并负责 6 号公路其中的 10 公里新建路段和交通标线的划定。正是这次合作,让他深感上海建工在当地的影响力。"不少地方遇到施工不便,一提到上海建工对方都会积极配合。"

良好的口碑,也建立在上海建工与当地良好的沟通基础之上。与记者随行的翻译卢琴被称为 6 号公路的"后勤部长",每天 24 小时开机,一旦涉及居民的噪音、扬尘或者拆迁等投诉,她都会与男同事第一时间赶到现场处理,第一时间把问题消解掉。

说起拆迁,这也是 6 号公路修建过程中的一大难点。

本来拆迁工作属于当地政府负责并由财经部负责赔款,但如果拆迁不顺利,将影响工期进度增加成本。在柬埔寨一年干湿两季,道路施工只能在旱季进行。多年来,吴杰在柬埔寨修路总结出一条心得:"绕着走,机动走,关键时候还是要配合着走。"

"首先要吃透当地政策,同时一定要姿态放低,理解对方的难处,同时也要晓之以理动之以情,讲清楚道路通畅的好处和工期耽搁会带来的影响。"吴杰说,当地百姓积极配合,后期的赔偿上海建工也会积极敦促财经部,如果实在不能按时兑现,上海建工为保证工程进度和对百姓的承诺,甚至会与施工方先期垫付,虽然承担了一定风险,但赢得老百姓支持和政府的好感。目前来看,垫付的每期款项财经部都给予了偿还。

找土,也是困扰 6 号公路施工头疼事。6 号线全线处于洞里萨湖、湄公河冲积平原泛洪区,沿线承载力好的填筑材料少。7 工区负责人虞希斌说,为了能够寻找到符合标准的砾石土,甚至跑到距施工点 60公里外的地方找土。"当挖掘机一铲子挖下去发出'哒哒哒'清脆的摩擦声时,就像寻到了'宝藏',兴奋得眼泪都要掉下来。"虞希斌如是说。

创建上海建工的"柬埔寨标准"

6 号公路的修建对柬埔寨整个国家的意义不言而喻。这样一个"国家级"工程,花落上海建工也充分彰显公司在柬埔寨的影响力。正如柬埔寨首相洪森所言,"上海建工话不多,但活漂亮"。

上海建工项目部总经理贺略萨说,坚守 12 年很不容易,这 12 年来,上海建工沉下心思抓品牌建设、队伍建设,才赢得"中国速度·上海质量"的声誉。

2004 年,作为国家经援项目的柬埔寨 7 号公路,上海建工临危受命,临时搭建"筑路队"挺进柬埔寨与老挝边境荒无人烟的热带雨林区。战乱遗留的地雷,蚊蝇滋生的恶劣环境,随时可能遇到的人身伤害,回想过往,自称"老兵"的贺略萨感慨万千。历时 1000 多个日夜,在那片丛林莽野逢山开路，遇河架桥，上海建工人经受住了常人无法想象的困难，提前5个月完成了柬埔寨政府想都不敢想的巨大工程。

洪森首相对上海建工交口称赞，称之为中国速度，上海标准，并将其中的西公河大桥命名为"中柬友谊大桥"。一起陪同的中国驻柬大使张金凤称赞，上海建工施工的7号公路"体现了中国速度、中国质量和中国形象，是中国人的骄傲"。

当时7号公路是中国政府对外援助的最大项目，正是借助这个契机上海建工踏上了海外筑路的征途。

回想起当初7号公路的辉煌，贺略萨似乎显得极为平静甚至是冷静。"7号路表面上轰轰烈烈，但实际上后期也存在不少隐患，不仅是施工，包括设计以及中国标准都存在不适应的状况。"这也使上海建工下定决心走出一条结合柬埔寨特色、用中国规范在柬埔寨修路的新标准。

在柬埔寨，由于财政限制，所有公路包括国道规格相当于国内的三级公路标准。贺略萨说，中国没有这方面的经验，中国的规范也不适应。先期在柬埔寨修建的三级公路修好不久就会出现破损，并不是三级公路的标准没有达到，而是不适应这里的条件。

上海建工总结出柬埔寨修路有三难：第一难是柬埔寨低等级公路的道路设计承载能力和实际交通流量、车辆超载等不匹配。比如，当时7号公路修好后，车速快了，装载也越来越多，都是五六十吨的卡车，三级公路如此单薄，根本经受不住如此重负。

二是修路需要的大量填筑材料"土"短缺，合格的填筑土料需要花钱买或者远距离运送，施工造价不可控。在修建8号路时，上海建工把中国公路系统有名的专家叫来"会诊"，试验了不同的路面结构形式，也没有找到好办法。"不像国内高速公路，如果路基有问题可加厚路面，但柬埔寨三级公路沥青路面最高只能铺到7厘米。

后来总结发现，真正做好低等级公路关键是"提高路基的承载力"，而不是路面结构。这就引发了"土"的话题。起初，按照中国规范设计，柬埔寨的土满地都是随便用，考虑最长的运距为2公里，但后来发现这些土有很多种，沙土，粘土等等，都不行。必须找到承载强度达到一定值的"土",这就延伸了找土的距离,多数不是三五公里,甚至是三五十公里以外去找到真正的砾石土。只有跨越"三座大山",才能真正在柬埔寨活下来并打响品牌。

此外,工程移交后,当地没有能力维修保养,会缩短使用寿命。

这三个难题,也是上海建工十余年摸索基础上的"独家发现"。围绕"提高路基承载力是做好低等级公路的关键"这一问题核心,上海建工把中国三级公路规范标准和柬埔寨实际结合,创建了上海建工的"柬埔寨标准"。

有了"独家发明",上海建工在柬埔寨一路"攻城拔寨",拿下一个又一个在其他企业眼中看似不能完成的任务。5 号、6 号、78 号、58 号、59 号、61 号、62 号、78 号,近 12 年上海建工在建和已完成道路里程高居各大公司首位。

同时,横跨柬埔寨境内湄公河及其支流的一座座大桥横空飞架。湄公河大桥、洞里萨河大桥,以及金边港集新建集装箱码头……都成为柬埔寨标志性建筑,甚至被印刷在国家对外宣传册上。

农村包围城市,打造金边二环线

在上海建工进入柬埔寨前,柬埔寨没有完整概念上的公路。

贺略萨说,"上海建工进入的前十年,主要是帮助柬埔寨解决有路的问题。"78、58 等"双"数字命名的路线都是沿着柬埔寨国境线修建,有了路这个明显的标志,一定程度上保证了柬方边境稳定。

而上海建工参与建设的 5、6、7 号公路主要是从金边向外辐射的国道,如今随着 1 至 9 号公路相继建成。柬埔寨已经基本形成一个初具规模的路网系统。

此时,上海建工在柬埔寨的业务开始深入到城市的毛细血管,提升柬埔寨城市道路能级。用贺略萨的话说,建工的战略已经从"农村打入城市"。如今,上海建工为金边打造的二环线西线正在建设,三环线也于 2016 年签订合同。

道路交通条件的改善已经成为摆在柬埔寨政府面前的头等大事之一,金边二环线(西段)就是备受瞩目的工程项目。在通往机场的俄罗斯大道与河内路交叉路口,上海建工正在为二环线的唯一一座立交桥进行着紧张的施工。上海建工柬埔寨项目部二环线项目经理颜志明说,二环项目征地拆迁工作将是上海建工进入柬埔寨市场以来难度最大的。空中有蜘蛛网似的电线电缆,地面上有密集的房屋、普通电线杆和高压电线杆,地下有数量和线路不明的自来水管、居民水管、城市排水系统等。并且二环项目征地拆迁工作涉及柬埔寨政府部门数量之多、类别之广前所未有,其中包括国家层面的工程部、财经部、国家电力公司、水务局、电信局等,以及金边市政府和干丹省政府及其下属相关职能部门。

同时,二环项目处于人口密集地,道路狭窄,来往车辆众多,一旦出现安全问题,影响严重,同时施工机械设备进出施工现场时也存在较大安全隐患。一度,有不理解的周边居民,晚上甚至冲击上海建工的作业机械。颜志明说,尽管存在诸多挑战,但上海建工凭借良好的品牌,正获得政府层面的大力支持。

柬埔寨公共工程与运输部国务秘书林斯丹尼在接受记者采访时表示,二环项目是金边城市发展的重大工程,虽然问题和困难不少,但政府负责所有的拆迁工作,工程运输部作为业主方将全力配合上海建工解决所有问题。他同时表示,交通运输是柬埔寨经济发展的"火车头",上海建工的品质靠得住,已经成为柬埔寨道路建设的中坚力量。

12年,上海建工在柬埔寨赢得了口碑,创立了品牌,锻炼了一支业务素质过硬的队伍。但贺略萨也坦言,以往这些项目大多为中国支持柬埔寨的"两优"项目(援外优惠贷款项目和优惠出口买方信贷项目)。未来,如何跳出"两优"项目,在市场中自由搏击,是上海建工面临的又一个挑战。

中国驻柬埔寨大使馆经商处前参赞宋晓国见证了上海建工在柬埔寨打响品牌的历程。他相信,在国家"一带一路"战略下,作为业务深耕型的上海建工在为柬埔寨筑路的过程中,自己的路也会越走越宽,这一点已经并将继续被上海建工证明。

扎根 12 年，如何留住员工的心

上海建工在柬埔寨为员工打造一个温暖而又和谐的家，留住了心就留住了人才

龚洁芸　刘　锟

上海建工人在路上的时间，是柬埔寨最煎熬的旱季——头顶骄阳，每天冒着近 40℃的高温，这里考验的，是建工人的技术和管理能力，更是俯首深耕的毅力和勇气。

2004 年，当上海建工柬埔寨项目部总经理贺略萨第一次踏上这片土地时，他带来了 20 多人的"拓荒"队伍。现在，上海建工在这里的项目越接越多，工程遍布柬埔寨，队伍也壮大到 100 多人。但是贺略萨却觉得，带队伍，比以前更加考验人了。

最难的，是要保证这座海外人才蓄水池源源不断的活力。虽然柬埔寨离开中国并不算太远，但是对于常年漂泊在各个项目工地上的上海建工员工而言，那种对于家庭和家乡的思念之情，无时无刻不在考验着他们。在柬埔寨的 12 年，贺略萨想尽一切办法，为员工们在千里之外的国度，打造了一个温暖而又和谐的家，"留住了心，就留住了人才。"

三年打造成行家里手

正在进行中的金边市区二环线工程，是目前上海建工柬埔寨项目部在柬工程中最复杂的一项。因为是在首都金边的"腹地"，涉及到沿线拆迁、线路改道、工程测量的各种难题，都落在了 29 岁的项目经理

颜志明的肩上。

按照小颜的履历，如果是在国内，这样的"85后"应该还是在打磨学习的阶段，但是进上海建工6年，他已经参与了柬埔寨59号公路、6号公路和6A号公路三个项目。耳濡目染并亲身经历了三项工程攻坚克难过程，颜志明已成为独当一面的行家里手。如今，在颜志明的项目部，有三个工区和10个管理人员，所有相关的难题，他一人挑。

2007年，刚从同济大学毕业的上海小伙子吴杰，进入上海建工海外部工作，第一站就被派到了柬埔寨，之后就没离开过。从湄公河大桥项目的施工员做起，吴杰先后在金边港码头和6号公路两项地标性精品工程担任项目副经理和经理，在解决动拆迁难题、攻克技术难题、协调各方合作方面积累了丰富经验。海外工程容易锻炼人，8年的时间，吴杰成长为了精技术、善管理、懂经济、会经营的复合型人才，也成为了贺略萨的左膀右臂。如今，身为上海建工柬埔寨项目部副总经理的他，每天奔走在柬埔寨各个工程的大小工区上，解决各种棘手的难题。

在柬埔寨项目部，有很多像颜志明、吴杰一样的年轻人。论年纪，他们都还是上海建工的"新人"，却早已开始担当重任。贺略萨坦言，在海外培养人才，需要激励机制，一来让年轻人尽快成才，二来为他们提供更多的成长空间。

柬埔寨项目部自成体系的"三年成才计划"就是其中之一。按照上海建工国内的人才培养计划，一位新毕业大学生一般需要6年才能胜任本职工作，达到工程师或者部门经理的职务。在柬埔寨，成才的时间缩短了一半。根据"三年成才计划"，新进员工第一年确定方向，第二年精于工作，第三年独当一面，到了第五年，就可以担任项目经理的重任。所以，在柬埔寨项目部和印尼等外派项目中，"85后"的项目经理比比皆是。与职务晋升通道配套的，是相应的薪水待遇激励制度。在这里，新进员工每半年就可以涨一次工资。贺略萨说："吸引更多的人才来到柬埔寨，一是靠上海建工这个平台，项目多、效益不错、能锻炼人，二就是贴近人心的激励机制，在国外工作，就要让年轻员工感觉很有'奔头'。"

温暖人心的"随员制度"

在员工的眼里,贺略萨是个多面的领导。工作中,他严谨、一丝不苟,但平日里,他却是个懂得生活、"接地气"的人。

"要有成功的事业,也要有质量的生活",这是每次有新员工来柬埔寨报到,贺略萨说的第一句话。和年轻员工谈心,贺略萨交流得最多的,也是平日的生活。在柬埔寨待了 12 年,贺略萨深知,有了幸福安定的生活,才能保持工作的劲头,这对于习惯了工地宿舍"两点一线"的建工人而言,尤其受用。

但怎么才能有高质量的生活?那就先得有个家。前几年,柬埔寨项目部在金边市郊建起了基地,与其说这里是一个办公地,不如说是柬埔寨项目部为员工安的一个家。白天,这里冷冷清清,员工们奔波在各个工地上,一到晚上,这里却热闹非凡,笑声不断。

2016 年中,基地里来了个小客人。小乐乐的爸爸妈妈都是柬埔寨项目部的员工,年初的时候,她跟着爸爸妈妈还有外婆,一起来到了千里之外的柬埔寨。这是柬埔寨项目部为员工们特别设定的随员制度:项目副经理以上级别的员工,都可以申请将家属带到柬埔寨来。解决了相思之苦,在千里之外举家团圆,就有了安心做事业的动力。在这里,孕妈妈们还能享受最长 3 年的哺乳假。

但是,这里还有大把为了梦想追逐的年轻人。他们中的绝大多数,一毕业就来到了柬埔寨。刚开始干劲十足,但到了快成家立业的年纪,加上家里的催促,难免会有第二次抉择。公司想到了"拉郎配",虽然是内部解决,但因为志趣相投、生活简单,这里的小日子,一样过得和和美美。

在上海建工担任翻译工作的卢琴,对于毕业时自己的选择感到很庆幸:"早就听说上海男孩顾家、体贴人,没想到,我在柬埔寨遇到了。"2016 年,卢琴和上海小伙子龚路桦领了证,还在杨浦买了房,正准备办酒席。

两人的相遇,真是有缘千里来相会的真实写照。龚路桦的爷爷龚学敏是老建工了,曾经在上海建工援外办公室工作的他,退休以前一直在全世界各地跑。龚路桦工作不到两三年,龚学敏就执意要把他送到国外工地去,"国外工作能去掉骄娇二气,更能锻炼人。"在柬埔寨国家 6 号公路项目组当施工员,龚路桦这一待,已经五年。在项目组里,他碰到了自己的另一半广西姑娘卢琴。

在柬埔寨分项目部,像龚路桦、卢琴那样的年轻夫妻,还有十几对。他们因上海建工结缘,因做工程相知相爱,也因为共同的事业坚守在异国他乡。贺略萨笑着说:"每年在上海建工宣讲会上演讲时,我的第一句话就是'欢迎女同学来柬埔寨'。生活气息浓了,就有了家的温暖。"

感受家的"味道"

5 月,柬埔寨的雨季到来了,每天一场瓢泼大雨,会给热得发烫的道路稍稍降温。经过了紧张繁忙的旱季,柬埔寨项目部一年中最轻松的时光即将到来。这个时候,员工们就会踏上回国的征程。

但这个时候,曹金荣却迎来了一年中最忙的时候。老曹是上海人,50 多岁,建工元老。他原本是搞房建的,画图纸、造房子最拿手。2004 年上海建工驻扎进柬埔寨,跟着贺略萨一起来到了这个陌生的地方。刚到柬埔寨时,老曹已经年过半百。那时的他,刚刚结束在非洲的房建工程,转身就来到这里。那时的老曹心想着,再干几年就退休回上海养老了,没成想,这一待就是 12 年。

虽然常年在非洲干工程,但热带雨林闷热潮湿的气候,还是让老曹不太适应:"开疆拓土的时候,是造 7 号公路,他们在深山老林里找路,我就跟着他们,帮他们安家。"在柬埔寨,上海建工人要搬很多次家,一个项目就是三年,每个项目还有很多工区。老曹深知"家"对于建工人的重要性,"工地上很苦,尤其是在海外。有了一个家,就有了归属感。"

如今,柬埔寨工地上所有的员工宿舍和临时设施,都出自于老曹之手。"如果是工区,一般两排房子就够了,保证厨房、宿舍等基本功能用房,但是如果是项目组,就要考虑得更多。"老曹说,"因为这里是大本营,会议室、娱乐室、浴室等,基本的设施都必须保证。就连厨房和食堂,也要腾出充分的空间,让大家在短暂的休息时间里可以得到充分的放松。"

抓住了胃就抓住了人心。还有一位深得上海建工员工喜爱的师傅,是总管着柬埔寨项目部基地厨房的大厨。关于刘海强大厨,有这样一个传奇故事:他原本是采石场的采石工人,因为缺人,半路出家的他开始学做饭。每次回国归来,他的行李里总会带着好几本菜谱,边学边做,十几年下来,刘海强早已成功"转型",成为项目部在柬埔寨数一数二的大厨。

老曹和刘海强,是柬埔寨项目部里普通员工的缩影,他们或许不是一线的员工,但对于远在海外的一个"家"而言,却又是不可或缺的家里人。

老曹早已到了退休年龄,却依旧退而不休,他的话,道出了上海建工人的朴实无华:"这里于我而言,更像是一个温暖的家。选择留下来,是因为这里的每个人都为了自己的责任而拼搏,为了上海建工这块招牌而努力。"

"小吴哥"来探亲，工地多了"开心果"

龚洁芸　刘　锟

```
① ②
─────
③ ④
```

① 工地上的饭菜，有家乡的味道
② 6号公路项目6工区的陈美娣正在给工人准备饭菜
③ 一桌家乡味道的可口饭菜也可以纾解思乡之情
④ "小吴哥"来探亲，吴联威的心更定了，工作劲头更大了

陈美娣是上海建工柬埔寨项目部6号公路6工区上的一名员工。她的工作很简单：做饭。在工区通讯录上，陈美娣的名字在最后一个，职责是"后厨"。

虽然在13个人的6工区里，陈美娣是唯一的一个后勤人员，却管着整个工区的伙食和家务，是最重要的"大内总管"。时间已到了中午11点，陈美娣看看挂钟，嘴里念叨着："他们马上要回来吃饭了"。

陈美娣是浙江人，这个分包工区里的上海建工员工，都是她的同乡。来柬埔寨两年了，陈美娣已经摸清了大家的口

⑤ ⑥
⑦

⑤ 工区营地员工们临时的"家"
⑥ 远眺上海建工"功勋"采石场
⑦ 随着采石量下降，宋英开始转型修汽车

味——只吃的惯家乡菜，偶尔再加点当地的风味。

这天，陈美娣给大伙儿准备的菜快要出锅了，厨房间传来阵阵的香味——炒豇豆和红烧鱼已经装盆，怕凉了不好吃，陈阿姨细心地把菜扣在碗里。锅里，红烧排骨萝卜和炒青菜正等着出锅。陈美娣说："还有半小时，萝卜刚好可以入味。"

刚来柬埔寨的时候，陈美娣有点不太适应，一是这里终年暴晒暴热，二是一早要坐车去三四公里外的菜场买菜，不会柬语，就只能比划；再加上一早上，大伙儿都上工地去了，整个工区就留她一个人，怪寂寞的。但是两年多时间下来了，陈阿姨笑着说，自己也习惯了。"很有家的感觉，"她说，"一到中午、晚上大家都回来了，感觉热热闹闹的。大家喜欢吃我做的菜，干活就有力气，感觉自己也挺重要的。"

"小吴哥"来探亲

柬埔寨6号公路项目部,位于整条6号公路的中间部位。不同于各个工区,项目部里有两排临时设施,厨房、浴室,还种着丝瓜、芒果,浓浓的大家庭味道。

2016年的3月份,项目部来了个新成员——9个月大的"小吴哥"。"小吴哥"的到来,给原来就热热闹闹的项目部更添了几分生活的气息。大家都爱逗"小吴哥"玩,小家伙成了大伙儿的开心果。

小吴哥是6号公路项目部副经理吴联威刚出生的儿子。小吴哥的名字在柬埔寨很"应景",对于吴联威而言,也有纪念意义。那年,他带着新婚妻子林双来柬埔寨探亲,去了吴哥窟玩,回来不多久,就发现妻子怀孕了。

2015年,儿子在老家福建出生了,吴联威给儿子取了小名叫"小吴哥",纪念一家和柬埔寨的缘分。宝贝儿子的诞生,给小家庭增添了无限的快乐,但随着儿子越来越大,吴联威开始忧虑起来:自己的工程才刚开始,老婆孩子相隔几千公里远,如何维系感情?

吴联威是个好丈夫,更是个好爸爸。妻子在国内的时候,他坚持和妻儿视频聊天。但毕竟不在身边,吴联威难免怅然所失。"我不想错过孩子成长的每个阶段,也想做个真正的好爸爸。"

他明白一个家对于在外做工程的人有多重要:2009年,他入职上海建工,就被安排到了柬埔寨。2012年,通过家乡亲戚介绍,他认识了林双,谈起了恋爱。但是,两个人的相处遇到了不少的阻力:林双的家里人因为两个人"聚少离多"投了反对票,但林双坚持,搞工程的人老实、可靠,值得托付终身。

林双的信任和支持,让吴联威很感动,他也一心想着把妻儿接到柬埔寨来一起生活。而在上海建工,有这样一条不成文的规定:凡是到项目部副经理以上的职位,可以"随员"一起来柬埔寨生活。

为了和吴联威团聚,林双义无反顾地辞去了自己在国内的工作,带着9个月大的"小吴哥"来到了柬埔寨。在项目部里,小夫妻俩有了自己的房间,每天吴联威去工地的时候,林双就带着小吴哥在项目部玩。到了晚上,吴联威回到项目部,陪着儿子玩,享受着天伦之乐。

"每天看得到老婆孩子,心就定了,"吴联威的话很朴实,"家里的事情不操心了,就能更好地奔工地工作了。"

转型造就"多面手"

2016年,宋英46岁了。从34岁来柬埔寨,他的工作场所就没变过——为造路准备基础原料,石了。

他所守着的采石场,在61号公路旁边。当年为了造这条公路,这个采石场发挥了重要的功能。但是,随着61号公路竣工,采石量大大下降,这个采石场也就慢慢冷清了起来。但是12年了，宋英没离开过，看到从国内来采访的记者，他的眼睛里闪着光芒，这个老实的中年人说，就像看到了亲人。

宋英至今还记得12年前跟着第一批建工人来开荒、造7号公路时的情景。为了找石头，他跟着测量队一起进深山老林。没有临时住宿，就随身带着吊床。初来乍到，柬埔寨深山老林里经常会有野兽出没，测量队聘请了当地3名保安，每个人配着AK47的枪。到了晚上，谁都不敢睡熟。现在说起当年"冒着生命危险"的这段经历，宋英几乎像是在轻描淡写般讲故事。因为在他的生命里，到处都是"威胁"。

采石场特殊的工序，就暗藏危机。2008年，当年的采石场宿舍还紧挨着采石山，因为要采石放炮，那天火药偏了位，一下子就把宿舍的房顶掀掉了。宋英和同伴们吓得不轻，这才决定把宿舍搬得远一点。

地理位置虽然是远了，但这里仍旧是目前上海建工最苦的地方之一。虽然现在月产量并不多，但因为采石的"后遗症"，这里的灰特别大，夹杂着砂砾爆破后产生的微尘，整个区域都是灰蒙蒙的。

但是宋英说"习惯了，就不想走了"，他带着七八个人守在这个地方，日复一日，年复一年。

随着采石量的下降，宋英也开始准备"转型"。虽然61号公路完工了，但上海建工在其他地方的工程又多了起来。工程一多，各种运输、公务用车也就多了起来。采石场地方大，人员也不少，宋英就带着采石工人当上海建工的"后勤"，开始转行做起了汽修。

虽然是半路出家，但宋英喜欢琢磨，这个采石场里的汽修厂，也就热闹了起来。他说他很满意当下的工作："人忙了，就感觉充实了。"

采石场因为位置特殊，距离金边和热闹的城镇都很远，看到我们来，买个水果都要驱车40多公里。12年来，宋英一直过着这样世外桃源般的生活，采石场没有什么娱乐设施。墙头上一个简易的篮球框，成了他和同事们玩的最多的体育运动。在离他们几百米远的地方，还有其他中国企业的采石基地，到了晚上，聚在一起打个牌，切磋下乒乓，这是他们十多年来最熟悉的生活。

在上海建工，像这样的多面手不在少数。搞室内设计出生的龚路桦，在6号公路上，成了能独当一面的工区施工员，而他的妻子卢琴，虽然招聘过来的时候是柬语翻译，但在项目部时间久了，也学着处理各种事物。

上海建工在柬埔寨的人只有100多人，工程量却很大。这些"多面手"们，运用着自己的聪明才智和朴实务实，默默擦亮着上海建工这块金字招牌。

上海建工在柬埔寨只有100多人，工程量却很大。这些"多面手"们，运用着自己的聪明才智和朴实务实，默默擦亮着上海建工这块金字招牌。

"建筑语言"谈成的跨国"婚姻"

——华建集团收购美国威尔逊设计公司的启示(上)

张 奕 宋 慧

坦桑尼亚塞伦盖蒂
四季游猎原野酒店

美国南方大都会达拉斯。对于一年飞行 50 万公里的工作狂人——美国威尔逊室内建筑设计公司首席执行官奥利弗(Olivier Chavy)来说,只要不出差,他就会准时出现在威尔逊达拉斯总部 16 楼的办公室。在这里,可以一览绿意盎然的达拉斯城市景观。

可是 2016 年夏天和 2015 年夏天相比,有了一些新的变化:奥利弗的"老板"由美国著名设计师特丽莎(Trisha Wilson),变成了一家来自中国上海的公司——华东建筑集团股份有限公司。

中国设计师从许多年以前的为外国设计师"打下手",到近年来有了更多向外国设计公司分包业务的机会,再到如今华建集团全资收购美国威尔逊,做起了外国设计公司的"老板",这样的变化令人激动。

"2016 年是中国加入世贸组织的第 15 个年头。这些年,我们明显感觉到了'用开放推动改革'理念带来的市场变化,为我们上海企业走出去与国际设计企业同台竞技提供了机会与舞台。"华建集团总经理张桦表示。

开放,促成资本联姻

记者来到威尔逊达拉斯总部的时候,正值工作时间,总部办公室并没有满员,印象深刻的是,其员工肤色不同。

"威尔逊公司共有设计师 320 多名,说 30 多种不同的母语!"奥利弗说,员工们分布于美国达拉斯、纽约、洛杉矶,新加坡,中国,阿联酋,巴黎等全球 8 个办公地点,目前在 50 个国家中有 100 个项目同时进行,很多设计师都在项目现场。

寥寥数语,已能感到这是一家很"牛"的公司。

的确,熟知"美国威尔逊"的人也许不多,但它们的作品几乎无人不晓。自 1971 年成立以来,威尔逊专注于酒店、餐厅、住宅等高端室内建筑设计。其作品不仅有万豪、洲际、希尔顿、喜达屋、凯悦、四季这样的品牌连锁酒店,还有迪拜亚特兰蒂斯酒店、阿玛尼酒店,南非"蓝火车"等小众品牌,作为全球排行前三的室内建筑设计公司,每年拿奖拿到"手发软"。

华建集团在中国建筑设计公司中,也是佼佼者。身为有着 60 年历史的上海现代建筑设计(集团)有限公司的全资子公司,设计过上海 80％以上的标志性建筑,连续五年入围 ENR 全球工程设计企业百强,2015 年底完成了 A 股市场整体上市。

他们的结合,出人意料,又在情理之中。

早在 2008 年,双方在三亚海棠湾的万丽酒店项目中首度合作,华建集团负责建筑设计,威尔逊负责室内建筑设计。天衣无缝的合作,令华建集团对威尔逊公司一见倾心:如果"在一起",不仅可填补集团在酒店等高端室内建筑设计领域的业务空白,还是一次加速国际化的机会。就此启动对威尔逊的并购调查。

"要不是上海自由贸易区的设立,华建集团收购威尔逊公司可能还没这么顺利。"华建集团海外事业部总经理、上海艺卡迪投资发展有限公司总经理周静瑜告诉记者。按照以往的政策,华建集团如果收购威尔逊,从审批到资金流转到完成交割,估计要两年以上。曾经,有不少企业就是在等待审批中贻误了商机。

2012 年,威尔逊公司创始人、已逾 70 岁的特丽莎女士萌生了退休之意,开始通过竞标方式寻找国际买家。几乎在第一时间,多个国际公司向威尔逊抛出了"绣球"。2013 年,威尔逊与华建集团基本达成"联姻"意向,华建集团正式立项。

2013 年 9 月,上海自贸区设立。面对"再入世"的国家战略,华建集团第一时间在自贸区成立了全资子公司上海艺卡迪投资发展有限公司,将其作为收购主体实施此项跨境并购,结果只用了 5 个月就完成了所有的并购手续。上海自贸区的建设,使华建集团缩短了并购周期,节省了融资成本,切实享受到了改革带来的红利。

拓疆,皆因建筑语言

华建集团和威尔逊公司成功"闪婚",只是万里长征第一步。这桩"门当户对"的跨国婚姻如何经营,才是真正的考验所在。

首当其冲的问题是设计公司的核心资本——人力。此前的 40 多年时间里,威尔逊一直是一家以著名设计师特丽莎领衔的"明星事务所",当公司的领军人物隐退江湖,会不会导致一批核心设计师的离开?一旦他们离开,将直接导致公司经营能力下降。

"新的威尔逊公司面临从明星事务所向机构事务所的转型,需要依靠稳定的管理与经营,获得持续发展。"张桦说。"操刀"转型的重任,落在"特丽莎时代"就已经入职的职业经理人——奥利弗身上。

这名曾经是 1984 年洛杉矶奥运会健将的法国人,以超强的体力与工作热情,率领团队开启全球拓疆之旅。2015 年,华建集团和威尔逊公司共同在法国巴黎开设了新的办事处,力求打入欧洲市场;2016 年,又在迪拜分公司加强了设计力量;是年 6 月 15 日,曾经以深化图纸为主要功能的上海办事处正式"升格",成为具有原创设计能力的上海设计工作室,进一步开拓中国市场……在记者的调查采访中,多名华建集团管理者表达了对奥利弗职业精神的赞美。

不过奥利弗并没有因此得意。"我在威尔逊不应是上演个人秀,而是要充分挖掘威尔逊的品牌价值,重点激发设计师团队的创造力。"在威尔逊达拉斯总部办公室,奥利弗向记者展现了"后特丽莎"时代的五年战略规划。

"未来,欧洲、亚洲、中东、非洲和南美洲将是威尔逊重点拓展的疆域。我们还打算将业务范围向交通运输、景观设计等领域拓展。以标志性领先的设计作品,激发我们的客户、员工以及世界文化,这是我们的使命。"

令奥利弗感到欣慰的是,这两年来,威尔逊虽然改换了老板,但并没有引发公司的"人事动荡"。目前堪称奥利弗"左膀右臂"的威尔逊首席运营官谢莉(Cheryl Neumann)、设计总监詹姆斯(James Carry),都是威尔逊公司 40 多年来的元老级"战将"。

"威尔逊的平稳过渡,得益于华建集团对我们管理团队的充分信任。"奥利弗说,我和我的管理团队可以感受到,华建集团对威尔逊的投资,是一项具有长远考虑的战略投资,重点是在"战略协同效应"上,而不是单纯的财务投资者。在威尔逊的董事会上,华建集团从来没有要求我们该这么做、那么做,而是更多关心人员、品牌、业务发展等涉及威尔逊战略的问题,这让我们感受到了家庭成员之间的温暖。"虽然我们有的说英文、有的说中文,但由于我们说的是同一种建筑语言,所以我们之间形成了默契,达成了共识。"

这种理念上的认可,也体现在威尔逊的各分支机构上。威尔逊纽约分公司因为业务扩展,2016 年下半年搬迁了新址,办公面积得以扩展。坐在曼哈顿的新办公室内,威尔逊公司高级副总裁、纽约分公司董事总经理戴恩(Dan Kwan)表示,威尔逊纽约办事处从5人的团队发展到目前的80多人,是基于团队成员之间的专业认可。而华建集团的到来,让大家感受到这是一种"专业对专业"的联姻,这让整个团队有了进一步发展的信心。

未来,要有试错勇气

"实现对威尔逊公司全资控股后,目前华建集团下属子公司与威尔逊联手合作的室内建筑设计项目已有60多个,包括上海中心J酒店、济南希尔顿、沈阳康耐德等。2016年3月份以来,巴黎办事处的业务有了爆发式增长"。

郑刚,是华建集团收购威尔逊后,唯一一名派驻美国总部的中国员工,目前担任威尔逊公司副总裁。记者在威尔逊采访期间,郑刚言语不多,一如美国同事对他的评价:沉稳、专业。不过,当谈及最近的业务增长,郑刚还是抑制不住地高兴。

的确,作为一宗海外并购业务,华建集团管理层的压力可想而知:成了,那是众望所归;可要是败了,将会招致怎样的质疑。

新威尔逊公司运作之初,由于中国高端酒店业投资趋缓,中国业务占比一度出现下降,着实令人捏了一把汗。经过奥利弗团队的努力,2016年3月份以来,新设的巴黎办事处以及迪拜办事处等多个分支机构业务量出现了增长势头,预计2016年全年经营状况将好于2015年。

"在投资威尔逊之前,我们反复在问自己:能否接受威尔逊短期的经营业绩停滞甚至下降;万一此次投资失败,我们还要不要走出去?"张桦表示,从目前情况来看,这一步,我们迈对了,早迈比晚迈好。

据张桦分析,国际化的项目、国际化的市场、国际化的资源配置、国际化的品牌是企业国际化发展的四个必经的层次。中国的建筑设计单位在向国际化发展之初,由于缺少资金和融资能力,基本采取"借船出海"的策略,依靠大型集团"走出去",积累经验和锻炼人才队伍。然而进展并不乐观,大多数还停留在开拓国际化市场、做海外项目的起步阶段。

由于不同国家地区之间的法律规范、运作模式、技术标准存在差异，国际市场对中国建筑设计品牌的认知度总体不高等原因，依靠自身管理力量，逐一去海外设点，费时费力且难以迅速形成生产力。将"兼并收购"作为国际化的突破口，是从做海外项目、开拓海外市场向配置国际化资源转型所迈出的重要一步，是使中国建筑设计企业能够直接进入美国、东南亚、中东等发达国家和新兴地区海外建筑设计市场的绝佳机会。

"一般来说，酝酿一个海外市场，至少需要 5 年—10 年的时间"。周静瑜表示，此次华建集团通过威尔逊平台，在巴黎众多设计事务所中，遴选出了一家法国当地著名的明星设计师公司作为合作方，共同拓展欧洲市场，快速实现了利用海外平台再开拓海外平台的跳跃。

"外面的世界很精彩，只有我们真正走出去了，才会知道市场规则、财务制度、用人机制等各方面究竟和国内有何不同，才能真正地融入世界。没有呛过水，怎么知道水有多深。从这个意义上来说，即便有失败的可能，我们也要有勇气去尝试。社会应该创造一种容错的氛围，给予走出去的企业试错的机会。"张桦说。

"手绘图纸"引发的"匠心"触动

——华建集团收购美国威尔逊设计公司的启示(下)

宋　慧　张　奕

　　华建集团全资收购美国顶尖室内建筑设计企业威尔逊公司后，"80后"设计师江涛被集团派往威尔逊新加坡分公司接受培训。身为环境设计研究院资深设计师，有个细节令江涛深受触动：

威尔逊首席设计师迈克尔（Michael）向记者展示他的手绘设计图

在计算机绘图软件技术不断升级的今天,威尔逊新加坡分公司的设计师竟然还在画手绘图纸! 在与业主沟通时,他们可以在短短几分钟内,快速手绘出 1∶100、1∶300 等各种比例的图纸,让业主有直观感受,娴熟程度与专业功底令这位曾经的"高材生"汗颜。

江涛看到的,也许只是国内企业与全球化公司差距的一个缩影。

"在全球化的道路上,我们只有真正'走出去',和国际一流企业同台竞技,才能发现自身的不足,有针对性地加以改进、练好内功,提升国际竞争力。"华建集团总经理张桦认为。

专业,是一种执业精神

威尔逊公司纽约分公司 2016 年下半年乔迁新居,搬到位于曼哈顿黄金位置的一栋大楼,站在办公室一隅,可以远眺新世贸中心大厦和自由女神像。

一进大门,记者便被几排高高的黑色储物架吸引住了。每排架子上,分门别类,陈列着各种各样的木块、石块、皮革、布料……仔细一问,原来这是材料库,设计师们做方案的时候,经常要比对不同材质的些微差异,然后决定用哪个材料来呈现自己的创意。

寸土寸金的曼哈顿,威尔逊们却在写字楼里辟出大块的材料库空间,这个近乎"奢侈"的做法,让记者不免一惊。

同样,在达拉斯市中心的威尔逊总部办公室,也有一个庞大的材料库。威尔逊首席设计师梅(May Poon)随意拉开材料库的一个抽屉,里面是层层叠叠的墙纸,"几乎所有你能想到的酒店装饰材料种类在这里都有样品。每个设计师都会来材料库寻找需要的材料。"

在美国及世界上很多国家,设计师在工程项目中有着很大的话语权。在室内建筑设计领域,采用什么风格、使用何种材料,业主很少"干扰"。但对于业主赋予的"权力",设计师们也从不滥用。

"威尔逊的室内建筑设计师,分工很细。"江涛说,除了室内方案设计师,威尔逊还有专门的家具设计师、软装设计师,在各自的细分领域,几乎已经做到极致。这也就能解释,为什么对于不同材料间的差别,设计师也这么讲究。

在著名的达拉斯体育场里,记者见识到了威尔逊设计师的"执着"。Omni(奥姆耐)酒店就即将落成于达拉斯体育场附近,威尔逊专门在达拉斯体育场里,建设了两间一模一样的样板间,唯一的区别在于墙面、床品、灯饰等的材料不同。"我们想让酒店管理方体会一下不同材料带来的微妙体验差别,然后做出一个最完美的决定。"

更多的时候,威尔逊设计师的匠心,就默默隐藏在不同建筑的深处。威尔逊纽约办公室的中国设计师朱迪(Judy)带记者参观了一家位于纽约闹市中心的 W 酒店。这家酒店位于一座有百年历史的老楼中,为了契合 W 酒店一贯的时尚定位和这栋楼的原始风貌,设计师为不同年龄层的住客设计了不同颜色、风格的客房,电梯间雕花门头、走道里的"摩登"人物剪影,设计师用无声的建筑语言,表达着对现代与历史相融的美好夙愿。

就这样,在过去的四十多年里,威尔逊赢得了酒店设计界"爱马仕"的美誉。为了让自己的材料能入威尔逊设计师的"法眼",各路材料供应商排着队预约向威尔逊设计师展示讲解的机会。威尔逊总部将每周二和周四定为材料厂家展示讲解日,每次有一家企业上门,常常需要提前半年预约。不过威尔逊似乎并不以为然:"我们的标准只有一条,就是优中选精。"

"建筑设计市场是一个充分竞争的市场,国外建筑设计公司的生存之道是'我做不好,我就会死'。因此,唯有比别人更专业,做出更有品质的作品,才能在市场上立足。"经过在威尔逊的实地学习,江涛有了新的感悟。

专注,是基本工作态度

在达拉斯总部办公室,威尔逊首席设计师迈克尔(Michael Crosby)小心翼翼抱出一大摞手绘图纸,逐一展开。迈克尔在威尔逊已经工作 20 多年,代表作品为曾经拿下多项大奖、有着"移动五星级酒店"之称的南非"蓝火车"项目。

尽管已是荣誉等身、头发花白,但迈克尔从未停止设计创作。几年前,威尔逊曾经投标过一个北京胡同项目的室内建筑设计方案,虽然最后并未中标,但迈克尔拿出的厚厚一本资料,还是把记者"吓"了一跳。只见这本资料中,贴满了迈克尔现场拍摄的北京胡同照片、街景街具,还有各种手绘图纸。作为一个地道的美国人,迈克尔为了一个项目,把自己"泡"在北京,泡成了半个中国通。

的确,在迈克尔的"字典"里,没有马虎二字。华建集团收购威尔逊后,威尔逊在新的五年计划中,确定了拓展业务领域的计划,除了做深传统的高端酒店、住宅业务,还将拓展飞机、游艇、游轮等新的产品线。新领域的拓展,"老当益壮"的迈克尔同样冲锋在前。"瞧,最近我们正在进行一个飞机内饰的项目。"迈克尔随手展开一张大图纸,只见满满一张图纸上,仔细手绘着机舱卫生间的一角……

专注室内建筑设计不动摇,在威尔逊的文化里,这就是一种基本的工作态度。记者在美国采访期间,一不小心,便会"聊"出个"业界鬼才"。

威尔逊公司高级副总裁、纽约分公司董事总经理戴恩(Dan Kwan)是一位资深的华裔设计师,曾经专攻餐厅设计,自己在香港开过餐厅。餐厅设计怎么做才最好?戴恩加入威尔逊后带来一种理念:餐厅设计是整体概念,从装修到菜品,需要整体设计,包括菜单,甚至是菜单上的字体也有一套标准。

菜品也要设计师来设计?听来有些不可思议。经过多年餐厅设计的专注积累,威尔逊目前已经拥有一个专业的餐厅设计品牌——蓝盘(Blue Plate)。

2016年6月1日,威尔逊最新设计完成的一家明星主厨餐厅开业。餐厅毗邻达拉斯市多家剧院和艺术馆。威尔逊首席运营官谢莉(Cheryl Neumann)向记者介绍了餐厅的设计,一排吊灯的灵感取自于百老汇著名歌剧《剧院魅影》里的那盏从天而降的水晶吊灯;笔画和餐厅内的细节布置,处处营造出浓浓的艺术氛围。

专心,让人才脱颖而出

对设计企业来说,人力资本是企业的核心竞争力。

"建筑设计行业资本密集度比较低,但人力投入较高。企业收入的增长策略主要依靠智力资本的增值。"华建集团海外事业部总经理周静瑜表示,想要培养全球化的精英团队,有赖于用人机制保障、人才梯度管理,为设计师营造专心于业务的土壤和条件。

威尔逊在用人机制上完全市场化。当新的项目来了,马上开始组建一支团队,缺人就外部招聘,当项目结束,团队解散,该解聘的解聘,该赔偿的赔偿,不养冗员。目前其320多名设计师来自30多个国家。如何管理这支多元化的队伍,首席执行官奥利弗(Olivier Chavy)并未多加描述,但他仅用两周时间,就换掉了原来的CFO,新CFO顺利接替,并未引发大的震动,这令华建集团的管理层非常佩服。而身为威尔逊公司高级副总裁、纽约分公司设计负责人的琼安(Joanne Yong)经常坐十几个小时飞机,往返于纽约与上海,下飞机就能开始工作,不用倒时差,这个"本领"也被津津乐道。

"在海外,人才的高度市场化,确保了企业运行的高效与平稳。"华建集团派驻威尔逊达拉斯总部的高级副总裁郑刚表示,对于有志于全球化的中国企业来说,完善市场化的选人、用人机制非常重要。

为了能使专业人才专心于业务,威尔逊从岗位设置上提供保障。每一个项目中,有专人专岗负责与业主沟通,这样,设计师就不用一会儿与业主开会,一会儿被业主叫去,可以精心做方案。

在专业职务的晋升上,威尔逊也有一条设计师的职务序列通道,从设计师助理、设计师、首席设计师,逐层升级,让设计师不用争挤行政管理"独木桥",有可触及的晋升目标。

作为国内领先的建筑设计企业,华建集团国际化战略中对人才培养的探索其实业已走在前沿。在与威尔逊的深度接触后,又有了新的感悟。

"'十三五'期间,华建集团将加大力度推进用人市场化。"张桦表示,根据混合所有制国企和上市公司特点,华建集团探索干部身份转换和职业经理人制度的建立。初期开展用人分类管理,在集团的新产业平台推行职业经理人制度,实行市场化薪酬分配机制;在二级公司中畅通现有经营管理者与职业经理人身份转换通道,合理增加市场化选聘比例,加快建立退出机制、建立员工市场化的管理机制,建立与集团"互联网+"平台相对应的社会化、开放性的人力资源共享平台。尽快实施骨干股权激励、员工持股计划等人才激励约束机制。

"国内外人才市场环境不同,为了加强人力资源配置与市场互动,不仅仅是设计人员,以后我们将会挑选更多的项目经理去海外公司做海外项目,也会让威尔逊的设计负责人来带国内的设计队伍。人才,需要在更广泛的层面上互相交流。"张桦坦言。

美呆！室内建筑设计界的"爱马仕"作品遍布世界

宋慧 张奕

① ② | ① 泰国苏梅岛康拉德度假酒店
③ ④ | ② 迪拜阿玛尼酒店
③ 迪拜亚特兰蒂斯酒店
④ 上海浦东四季酒店

　　2014 年，一家来自中国上海的公司——华东建筑集团股份有限公司全资收购了美国威尔逊建筑设计公司，在业内引起不小的轰动。不少人好奇，这家全球排名前三的设计企业，到底是一家怎样的公司？可以让国内设计龙头企业对标国际一流的设计水准，从而提高国际竞争力吗？

　　业内称威尔逊公司为建筑设计界的

⑦ ⑧
⑨ ⑩

⑦ 波多黎各多拉多海滩酒店
⑧ 摩纳哥蒙特卡罗费尔蒙酒店
⑨ 中国澳门米高梅金殿
⑩ 济南鲁能希尔顿酒店

"爱马仕",也就是建筑设计界的"奢侈品"。它曾经赢得三十次国际酒店设计行业的最高奖项——金钥匙奖,拿奖拿到"手软"。从迪拜亚特兰蒂斯酒店、阿玛尼酒店到南非"蓝火车",从新建工程到历史建筑改建,它已经树立起国际化的设计形象,并且成为业内参照的标杆之一。

在位于美国达拉斯的威尔逊公司总部,当公司负责人向解放日报·上观记者介绍案例作品时,记者一行感觉被"震撼"到了。看看威尔逊公司曾经设计过的作品吧——

酒店之都的竞技

说起高级酒店,不少人会第一时间想

到迪拜。这个位于中东的现代化大都市，以酒店业的极端奢侈闻名。除了著名的七星级帆船酒店之外，有多家豪华酒店前来抢滩。网上曾有流传过一份"迪拜十大顶级酒店"名单，位列其中的阿玛尼酒店和亚特兰蒂斯酒店就是威尔逊公司的设计作品。

阿玛尼酒店位于"迪拜塔"哈法利塔之中，哈法利塔高828米，是目前世界第一高楼。在世界第一高楼中设计豪华酒店，业主又是时尚界大咖阿玛尼，十分考验设计功力。最终，威尔逊设计了这样一座具有"阿玛尼风格"的时尚酒店，处处体现简单设计的美学。

迪拜亚特兰蒂斯酒店坐落棕榈人工岛上，拥有1539间客房。其中，"海王星"与"波塞冬"水下套房是酒店的一大亮点，套房位于水族馆下，从卧室和浴室的落地窗能直望阿拉伯海水下世界。据解放日报·上观记者了解，中国首座亚特兰蒂斯度假酒店塔楼已在三亚封顶，该酒店也由威尔逊公司担任设计。

设计与属地文化融合

威尔逊在上海也有不少酒店设计作品，包括上海人耳熟能详的浦东四季酒店。规划之初，浦东四季酒店管理方找到了威尔逊，希望能设计一座时尚现代的酒店，打破传统作品从而成为亮点。威尔逊团队从老上海历史中汲取灵感，借鉴了上世纪二三十年代老上海的装饰艺术，注重细节设计和饰面处理，设计了这个我们目前看到的充满时尚气息的酒店，一个可以从高处饱览城市风光的休憩场所。

海岛度假酒店的设计也要求能体现当地特色。被奉为潜水圣地的泰国苏梅岛，是世界十大潜水地之一。苏梅岛康拉德度假酒店俯瞰泰国湾，威尔逊团队在设计时力求确保其每个细节的设计都与泰国地方文化紧密相连。有个细节是，每个度假别墅都装饰了泰国丝绸和当地艺术品，并大量采用花岗岩和落地玻璃，使度假村看起来更为现代时尚。

设计与自然相融

坦桑尼亚的塞伦盖蒂国家公园，被列入联合国教科文组织的世界遗产名录，这里集中了大量非洲野生动物。公园中部的塞伦盖蒂四季游猎原墅酒店是威尔逊的设计作品，它是非洲撒哈拉以南地区的首家四季酒店。这座酒店充分利用地区自然美景，在现代非洲美学理念的基础上进行设计，在酒店就能看到非洲美丽的风光。

波多黎各的多拉多海滩酒店是丽兹卡尔顿在美洲度假村的处女作。这座酒店距离大海仅有几步之遥，威尔逊营造了一种"赤足"的奢华环境，提供宁静海岸线与丰富热带雨林的双重体验。

多元化，国际化

其实，看了这么多的案例，很难用一句

话去形容威尔逊的设计风格。按照其对自己的形容：没有固定的风格和造型就是我们的特点。这也就不难理解为何它的设计师们说着30多种不同国家的语言,目前在50个国家中有100个项目同时进行。

这家被业内设计师称为"大牛"的设计企业还有不少耳熟能详的优秀作品,如：

华建集团实现对威尔逊公司全资控股后,目前华建下属子公司与威尔逊联手合作的室内建筑设计项目已有60多个,包括上海中心J酒店、济南希尔顿、沈阳康耐德等。更多具有国际水准的酒店设计优秀案例在涌现。

从"企业走出去"到"全球化企业"

——锦江国际在全球化配置资源中向纵深发展(上)

梁建刚

2016 年 9 月的一天,锦江酒店管理公司 CEO、法国卢浮酒店集团 CEO、铂涛酒店集团联席董事长、维也纳酒店集团创始人,在锦江国际集团董事长、总裁召集下,悄然齐聚上海,开了一个小范围会议。

会议的内容外界无任何报道,但对锦江而言,其意义却相当深远。正在这次会议上,锦江宣布成立全球酒店管理委员会。作为成员,国资、外资、民资的老总们欣然坐在一起,共同探讨锦江酒店业的未来。

围绕加快全球发展的主题,几位 CEO 一一发言,谈目标、谈路径、谈措施。当所有的发言结束,锦江国际集团董事长俞敏亮讲的第一段话是,"各位 CEO 都形成了共识。未来三年,我们从 6800 家酒店向 10000 家酒店进军,进入全球前三。实践证明,锦江围绕'全球布局、跨国经营'战略,实施购并、加快发展是完全正确的。"

前几年,锦江连续并购了欧洲第一大酒店集团法国卢浮酒店集团,接着又连续战略投资铂涛酒店集团、维也纳酒店集团,使集团酒店数量迅速增至 6800 多家,客房数量近 70 万间,分布全球 60 多个国家和地区,全球酒店排名跻身前五。

但锦江认为,"并购模式"决不只是酒店数量的变化。更核心的问题在于,并购后如何将国际资源与自有优势嫁接,真正能将国内国际两个市场、国内国际两种资源沟通联动,真正实现在全球范围内将资源效益最大化,同时吸收各种背景资源的商业模式,从而使锦江的酒店产业真正符合全球化经营的需要,进而构建一种前所未有的商业模式,这是一盘前所未有的大棋。

以国际化带动国资国企改革,从"走出去"升级为全球化企业,以"全球布局、跨国经营"为战略的锦江国际集团,正在如何全球化配置资源这项大课题探索中,向纵深发展。

资产全球化配置

2016 年 10 月中旬,在靠近上海外滩的福建南路上,一家新酒店开业。这里原本是始建于上世纪 20 年代的大方饭店,后又改建成为第一家升级版锦江之星。如今,整座酒店的大堂都由落地玻璃窗装饰起来,隔着玻璃,能看到酒店大堂别致的法式设计,淡绿色的标识康铂(Campanile)异常醒目。这家酒店,正是法国卢浮酒店集团在中国开出的第一家康铂品牌酒店。

新一代康铂酒店设计充满了绿色环保元素

　　将卢浮酒店集团的正宗法式品牌引入中国，这只是锦江在收购后的动作之一。记者到店探访，法国团队的市场、运营、厨师团队早已在此工作了两个多月。新酒店将康铂品牌最核心的理念原样复制过来，每一个细节力求原汁原味。

　　法国的原味是什么？走进法国巴黎市中心的一家康铂酒店，简洁而富现代感的装饰，令人耳目一新，看似普通的门锁、门外显示房间状态的灯，都经设计师之手，显得别致；在法国中部里昂的一家康铂酒店，巨大的吧台成为酒店大堂的主角，宽敞的餐厅成了附近白领、居民的聚会场所；而在法国南部马赛的郊外，康铂则又变成浓浓的法式乡村风格……

位于马赛郊区的康铂酒店充满法式乡村风情

　　法国卢浮酒店集团市场总监罗兰·弗朗索瓦谈起康铂的理念，如今已发展到4.0版本，"更好的餐饮服务、更大的吧台、更开放的空间，康铂希望给客人呈现的，是'不止是一家酒店，而要给你更多'这一宗旨，让酒店真正成为客人短暂生活社交的场所。"弗朗索瓦说，"在上海，我们就将呈现康铂的最新样貌"。

锦江国际集团高层在详细了解位于法国马赛的一家康铂酒店情况

　　上海的第一家康铂酒店正式营业后，为了稍稍改变中国文化惯有的羞涩，呈现法国进店就有的那一声热情的法式招呼，法国团队将全体员工带到附近的延中绿地去，向每一个路过的客人说一句纯正的"您好，我们是康铂"。"有时候，一句最简单的问候，一个直视你的眼神，都会唤起顾客完全不同的感受。"康铂店长李煊说。

　　康铂进入中国的背后，是锦江运作方向的新思路。要成为真正意义上"全球经营、跨国布局"的全球化企业，锦江不仅仅需要简单向外，更要思考如何让资产流动起来，在全球调动优势资源，去往效益最大化的地方。

　　而论及国际化发展经营的经验，已经实现全球化布局的卢浮集团就是"借船出海"的最好选择。在法国卢浮总部，让记者印象最为深刻的，是一位市场分析师在短短20分钟内，向记者详解了英国、法国、德国、西班牙、波兰等各个国家的国民度假特点、经济形势与酒店业状况，相互之间的差异之大令人惊讶。

　　这位分析师告诉记者，卢浮投资部旗下有20多名分析师，跟踪全球各国经济与酒店业的最新发展，预判未来趋势，寻找新的投资机会。

马赛金色郁金香酒
店及其经理

借助母公司的实力，卢浮酒店集团长袖善舞，很快将德国北欧
(Nordic)酒店公司收入囊中。北欧公司地区负责人带领记者参观柏
林当地酒店，令人讶异的是，竞争对手无不笑脸相迎。该负责人告诉
记者，在柏林每周各大酒店的经理们都会聚会分享心得，还会在客满
时主动将客人介绍至临近的同星级酒店。

"全球布局、跨国经营"的内涵中，能够迅速发现全球最新的机
遇，并以最佳的方式加入，是一种非常重要的能力。郭丽娟总裁说，
"民族的要成为世界的，世界的也要立足本土，在全球范围内让资产
去往效益最大化的地方，实现收益的最大化，这正是全球化企业的
要义"。

资本全球化流动

随着锦江资本在全球酒店业市场迅速崛起，锦江娴熟的资本运
作，也成为国际酒店业关注的焦点。

单说收购法国卢浮酒店集团，在交易架构上，锦江国际集团巧妙
避开了与其他6家潜在收购方的同台竞标，与原股东单独直接进入实

质性股权转让合同谈判。为避免投资风险,锦江一改传统资产尽职调查方式,设立相关法律技术条件保证,设计保证性托底条款和高额违约金。先期谈判完成后,锦江国际集团发函给旗下两家经营酒店的上市公司锦江酒店和锦江股份。最终,锦江股份方面确认收购。这一交易模式的优点是,符合国际化公众公司对外战略投资的逻辑,将国际并购和上市公司资产重组相结合,相对简单高效,若单纯直接以上市公司名义谈判,则整个过程更复杂。

在融资收购上,锦江充分发挥了资本与财务杠杆的力量。收购的100亿元资金,一部分来自锦江出售锦沧文华大酒店和银河宾馆的收益,另一部分来自锦江股份定向增发引进弘毅资本的资金。之后,锦江股份通过自筹的50亿元内存资金作为担保,以内存外贷的形式在境外担保贷款相当于100亿元人民币的欧元。借助国内外的利息差,锦江仅仅用了一半现金,便获得了卢浮集团100%股权,且这一半现金还是放在银行里,享受着国内外的利息差。如此一举,即盘活了资产存量,也使资本的效用发挥到了最大。

完成收购后,经过一系列整合,卢浮集团迅速成为锦江版图中不可缺少的一分子。在锦江的筹措下,卢浮集团获得了中国工商银行25亿欧元授信贷款,使卢浮集团没有耗费母公司一点资本,就可以将海外扩张的计划启动实施。与此同时,锦江借助二级市场悄然购买欧洲第一大酒店集团雅高的股份,跃居单一第一大股东,引来国际酒店业几乎所有巨头的震动。

"纵观全球十大酒店集团发展历程,没有一家仅仅自然成长壮大,企业到了一定规模,借助资本力量,运用融资并购等方式,是顶级酒店集团必须具备的素质。"这也成为锦江高层的共识。全球酒店行业真正拥有决定性影响力的圈子并不大,而借助一系列资本运作的锦江,已成功成为这个核心圈的一份子,如今全球所有酒店业的动向都会被第一时间掌握,并有国际投资人第一时间与锦江联系。

资源全球化塑造

全球酒店排名跻身前五,正在从"走出去"升级为全球化企业的锦江,接下来会向何处去?

全球酒店管理委员会就是一个重要的信号。在未来架构设计中,这一全新的委员会将统筹锦江全球酒店的发展与资产的运作。

全球化企业需要来自各方的智慧,亦需要更好的架构将智慧汇聚变现。在酒店投资之余,锦江近来的另一笔投资同样值得关注,2016年全球众创空间鼻祖 wework 以上海作为进入亚洲的首站,并将亚太区总部设在上海。其背后,少有人知的是,锦江早已悄然投资wework1 亿美元。

锦江正在打造一种全球酒店共享平台 wehotel,将产业、互联网、金融资本联动。而平台最重要的动作之一,便是将锦江、卢浮、铂涛、维也纳旗下所有酒店的会员信息整合,逐渐构建起一个上亿会员的庞大网络。

当前酒店行业过分依赖于第三方渠道,丧失定价权的现状,曾使不止一家酒店高层感慨,酒店在为在线旅游社(OTA)打工。而当一家企业拥有上亿会员,并建立起畅达的网络之后,这一局面将逐渐改变。这一点,正是锦江在一次次酒店行业内并购后,不仅仅成为一家全球性酒店集团,更成为行业掌控者的"雄心"。

这一切,需要资本、需要策略,更需要胆魄与眼光,这些,锦江似乎都已心领神会。

"巨大的一口"吃下后，如何消化好

——锦江国际在全球化配置资源中向纵深发展（下）

梁建刚

　　锦江国际集团办公大楼会议室的挂钟滴答不止，自从数年前将手表指针拨快了 10 分钟，很多员工至今一直沿用着独特的"锦江时间"。

　　这就像是一个隐喻：对于一家将打造"世界前三酒店集团"作为目标的老牌国有企业来说，一场时不我待的比赛几乎没有终点。

　　2015 年初，锦江国际集团再次震动全球酒店业，一场投入 13 亿欧元的国际收购，一举拿下欧洲第二大酒店集团法国卢浮酒店集团，不但打破了中国酒店业在海外收购的投资纪录，也将锦江一举推上了国内最大、全球酒店前五的"宝座"。

　　高额的收购令人关注，收购后的效果更令人好奇，这一场国资对外资的收购，能否将两种完全不同背景的企业融为一体，能否赢得中外地域差异上的文化挑战，能否借此整合团队提升国资的活力、延伸海外拓展之路？"巨大的一口"吃下去后，能消化好吗？

一张飘红的成绩单

　　站在巴黎西北部的拉德芳斯高处向东望去，一眼就可看见法国的标志凯旋门。拉德芳斯不仅是现代欧洲最大的中央商务区，也被一些人视作现代法国经济繁荣的象征。卢浮酒店集团的总部,就藏在拉德芳斯核心区的一栋办公大楼里。

卢浮集团 CEO 皮埃尔身材高大、面色红润,他丝毫不掩饰对中国文化的喜爱,稍显凌乱的办公桌上,放着最新的中文教材。两年多时间的频繁沟通与磨合,言语中的皮埃尔已俨然成为一名中国通,"加入锦江,对于我本人、对于我们整个团队来说,都是一个新梦想的开始。"

这并非一句客套话。进入锦江体系后,卢浮集团迅速呈现新的活力,2015 年底收购德国北欧酒店集团 25 家酒店,使其在德国的布局扩张一倍。紧接着,新的扩张计划还在波兰、印度、韩国等世界各地展开。按皮埃尔的话说,"除了用专业的酒店指标衡量扩张计划外,我们也开始认真学习中国的'一带一路'计划,这样才能使每一步充满内涵"。

卢浮当下做的远不止于此,在法国南部度假胜地马赛,一家全新的金色郁金香正在把过去庄重的金色标示设计更换为更具活力年轻的国际化形象;在法国中部重地里昂,第四代康铂酒店的设计已经落地生根,更开阔的空间、更时尚的设计、更有趣的细节,注重周围社区生活与主打轻奢的流行风,无不使这家几十年历史的酒店集团更显年轻活力。

财务状况更为喜人。从锦江股份 2015 年的年报看,卢浮集团一改 2014 财年净利润－2247 万欧元的颓势,2015 年 3 月—12 月实现合并营业收入 3.7933 亿欧元,实现归属于母公司所有者的净利润 3255 万欧元,并带动锦江国际集团的整体收益迅速增长。

"我们发展的速度还在加快,2017 年计划在全球范围新开 150 家酒店。"皮埃尔觉得,与锦江的迅速融合最重要的是双方有相同的语言,"这能使我们的发展计划、未来增长方式,都能得到埋解与尊重,这在以前几乎是不可能的"。

卢浮集团的迅速发展,使锦江在欧洲酒店业也有了举足轻重的地位。从 2016 年的数据来看,锦江国际集团的资产总额中,海外资产已占比达 21.43％。锦江已成为名副其实的国际酒店集团。

一项不简单的技术活

中国企业走出去，这几年并不少，但面对商业文化差异、不谙跨国经营游戏规则与目标市场的环境，要真正取得成功并不容易。

在锦江国际集团董事长俞敏亮的办公室内，最显眼的是一张世界地图，站在地图边思考"全球布局、跨国经营"，也成为锦江许多高层的习惯。

"你看我身后这张世界地图有何不同？"坐在卢浮集团办公室，艾耕云指着身后的一张地图，看似同样的世界，中心却是欧洲。"起初我想买一张国内那样的地图可怎么也找不到。习惯上我们总会将自己放在中心，可别人眼中的世界可能完全不同，这正提醒我们，需要不同视角，学习不同规则"。

艾耕云是常驻法国的锦江代表，身兼卢浮集团董事，他最重要的工作之一就是将法国事务与中国本部相连接。"跨国发展、跨文化经营，对锦江是一笔重要的战略性资源，"在艾耕云看来，怎么实现战略趋同，合力发展，却不是一项简单的技术活。

锦江与卢浮的关系并非始于收购之时。早在 2011 年，锦江便与卢浮集团的康铂开始品牌联盟，15 家锦江的酒店以双品牌形式初试法国市场。2014 年，当卢浮酒店全资控股方喜达屋资本退出的消息传来，前期良好的合作为收购打下重要基础，锦江最终击败各路买家赢得 100％股权。

收购仅仅只是开始，对身处服务业的酒店行业，人的因素更加关键。在一系列琐碎繁复的财务报表整合与中期业绩披露后，锦江亟需解决的就是如何让这支在全球 50 多个国家经营酒店的管理团队继续稳定，尤其是具备丰富国际化经验的高层，否则在国内想找能在 50 多国经营的人才，几乎不可能。

在借鉴数年前运作美国项目的基础上，锦江提出了一份"3 年激励计划"。只要卢浮高管团队能够完成指标，就可以获得相应的回报。这个看似不稀奇的计划，对身为国企的锦江来说，却并不简单。如何在确保国有资产不流失的前提下，借鉴市场模式，锦江前后设计了三种方案，将卢浮高层与锦江的利益牢牢绑在了一起，通过授权与管理、激励与约束,使卢浮高层的积极性充分发挥。

一步步理念融合顺畅

在法国、德国的短短几天,记者走访了卢浮集团旗下的数十家酒店,一件有趣的事是,无论 CEO 皮埃尔或其他高管,抑或马赛郊区的一家康铂酒店的员工,几乎都会说一句中文,"一步一步"。

业务的协同,跨地域、跨文化的融合,良好的架构是基础,但这还远远不够。自 2015 年收购交割之时起,每每只要有机会,俞敏亮便向卢浮高层与各级员工讲解锦江的大战略是如何将法国与中国融为一体;每当出现冲突与不解时,俞敏亮总会告诫,需脚踏实地,难题才能一步步解决。久而久之,很多法国卢浮酒店的员工都知道了这个说法。

这也正是"一步一步"的由来。凡是锦江的领导到法国考察,每到一家酒店,无论大小,都要和店里的经理与员工坐下来,将锦江的理念与计划一次次告诉法国员工,"相互理解与沟通更需要时间磨合,企业更大格局上的协同,同样离不开每一家店、每一个细节"。

锦江团队与卢浮团队都不忌讳谈及差异,例如让艾耕云印象最深的"无论如何的中国"与"计划好的欧洲"之别——"国内习惯说这件事无论如何今天要办好,这时所有节奏都要打乱,但在欧洲,有些会议可能提前半年就已确定时间,欧洲人很难理解我们的临时会议,这时发生冲突怎么办?""这些文化与习惯的差异,就像茶与咖啡,无所谓高低好坏,最重要的是相互尊重,一次次沟通协调,一步一步相互理解"。

一步一步地,卢浮集团先在内部实施了"跨文化课程计划"。邀请中国专家讲解现代中国,在集团内开设中文课程,除了学中文、了解中国文字,还要学习如何与中国人打交道,理解中国人的思考模式,在相互理解中相互尊重,课程开出多期,期期爆满。

一步一步地,卢浮与锦江开始实施人才交流计划。2015 年 12 月,卢浮的米其林大厨率先到上海,在锦江饭店举办了为期一周的法国美食节。与此同时,第一批 4 位锦江都城的店长来到法国进行为期 4 个月的进修,他们成为了卢浮集团进军中国后的第一批店长。2016 年 6

月,又有 6 位锦江大厨赴法国交流,在学习经典法式美味的同时,也在巴黎举办了中国美食节,一时间法国名流汇聚,反响热烈。

一步一步地,锦江与卢浮之间理念认同愈发顺畅。在 2016 年下旬卢浮内部的岗位竞聘中,65 名卢浮的管理人员填报了去中国工作的志愿。与此同时,卢浮集团在波兰、印度、韩国、中国的计划都在迅速发展。全球化与国际化的企业,并非自己发展,而是携手全球的伙伴共同赢得市场,这一点,卢浮也在为锦江提供着宝贵经验。

在这些过去想象不到的市场上,锦江正在借助卢浮的国际团队与运作迅速发展,正如皮埃尔所说,这两年,锦江不仅让卢浮迅速回到正轨,且拥有了更美好的未来。

"走出去"后的那些想象不到

法国

陆 军 梁建刚

|①|②|
|③|④|

① 美食是法国酒店最注重的细节之一
② 卢浮集团旗下的 premiere class 酒店会将每天的房价打在外面吸引顾客
③ 社交与休闲时光也是酒店不可缺少的原色
④ 法式服务随时欢迎下一位客人

　　近年来酒店行业并购风起云涌。继2010年成功收购美国州际集团后，2015年2月，锦江国际集团控股的锦江股份收购法国卢浮酒店集团100％股权，这是国内酒店业当时最大的一笔海外并购。如果把一场商业收购比作一场婚姻的话，那么收购完成以来,锦江与卢浮酒店集团这对"夫妻"的"婚后生活"美满吗?

记者 2016 年 7 月间在法国、德国连续采访了法国卢浮酒店集团旗下的若干酒店,也在行程中与不少法国、德国酒店业同行相识,在对欧洲酒店业市场有全新了解的同时,也对中国企业"走出去"的经历、需求与难题有了更深刻的认知。中国企业"走出去"后的那些想象不到,令人印象深刻。

法国人的汉语热

法国人对法语的热爱与自豪是全世界闻名的,法国人对说英语的排斥想必也为不少人耳闻。但这次当记者拜访法国卢浮酒店总部时,却有点惊讶地看到,不少法国员工都在学汉语。在采访卢浮酒店集团 CEO 皮埃尔时,记者在他的办公桌上看到了汉语拼音学习手册,皮埃尔还主动打开,手册里有基础汉语拼音、最基本的汉语问候语,同时配有插图漫画。皮埃尔当场展示了他的"学习成果",从最基本的"你好"、"谢谢",到颇有特色的"一步一步"、"慢慢来",发音虽然仍显生硬,但看得出他学得很认真。

如果说 CEO 皮埃尔学习汉语是为了"业务需要",那么总部一些普通职员学习汉语更引起了记者的兴趣。在总部办公楼的员工休息室,"中国元素"随处可见,从挂着的中国结、墙上展示的各类中法文化交流的合影、写有"我学汉语"字样的杯子……都可以一窥汉语的热度。

一位法国员工告诉记者,公司为员工专门聘请了汉语老师,他学习汉语就是在中午休息时随老师学习。而且,这一方式是公司为了响应员工希望学习汉语的要求而做,并非强迫为之。至于原因,在他看来,未来中国的机会、前景广阔,学习汉语对自身发展有益,"我还申请了去中国工作"。

过去以往许多商业收购,并没有实现理想中的"1+1>2"的效果,曾有专家分析原因,很多都失败在双方的磨合与融合之间,彼此差异过大导致难以合作共赢。因此,在此次锦江收购卢浮酒店集团之后,彼此都采取了许多方法求得互相理解、互相尊重,而学汉语,就是一个最好的案例。

艾耕云是锦江派驻法国卢浮集团的常驻代表之一。当记者走进他的办公室,迎面而来的便一股浓郁的中西文化结合之风,办公室里既有传统的中国茶具,也有法国咖啡、依云矿泉水,墙上挂着欧洲地图,桌上是原版《金融时报》,这或许正隐喻着此次收购的最大难题之一,如何面对、处理好两种不同文化之间的融合。如今,在他的办公室门把手上,挂着一个大大的中国结,艾耕云说,这是法国同事亲手制作的,并将它挂在了这里。大家都在处处提醒自己,如何相互理解与包容。

实力与规矩

法国卢浮酒店内的汉语热，即是两家企业在向深度融合、共同发展的努力，也是中国影响力在欧洲不断扩大的一个侧面剪影。

在德国柏林，一位经商的当地华侨告诉记者，仅 2016 年上半年，全德国本土企业被兼并案中，一大半收购买家都来自中国。"如今，在柏林当地的高级商会、论坛中，中国始终都是一个绕不开的话题，甚至许多商会都以邀请中国企业家、中国专家为参加的必要条件。"这位华侨感慨，"如今中国已成为世界第二大经济体，我们的腰板挺得更直了"。

从购买汽车厂到购买当地物业，从收购足球俱乐部到购买酒店集团……随着我国经济的发展与国家"一带一路"倡议的逐渐清晰，越来越多中国企业开始踏上海外收购、跨国经营的步伐，但正像 2016 年中国体育基金收购著名意大利足球俱乐部 AC 米兰时，被意大利舆论与足球名宿广泛质疑一样，跨国经营这条路，显然不是一条有钱即可的坦途。

实际上，每个行业最顶级的圈子很小，许多行业内收购不过都是在几人巨头间流转，这并非是封闭，而是当一个新人到来时，你做事的方法是否符合国际通行规则，你的目的是什么，你能不能做好，这些大家都不了解，最初的抵制几乎是必然的。这是锦江人的认识，解决问题的关键，是你能否为大家了解，这需要时间。

每个行业都有自己的游戏规则，在走出去前，或走出去的最初了解这些，是一笔几乎必然需要支付的"学费"。经历了收购美国州际酒店、法国卢浮酒店集团等多项国际并购案的锦江人，对这些了如指掌。"随着这些年全球布局、跨国经营战略的实施，如今，锦江与全球几乎所有顶级酒店集团高层都保持着密切联系，这使锦江总能够第一时间获悉全球酒店行业的最新动态。与此同时，这 10 年来，我们一直在考察海内外的同行公司，没有间断。成功的收购一定是建立在充分的研究基础上，对于收购的态度，我们是从善如流、择机而行"。

实力与规矩，从来都是一枚硬币的两面，不可或缺。

设计感十足的中档酒店

一说到连锁酒店，许多人的第一反应是价格便宜，其它方面大多是基本要求、将就一下即可。但在卢浮酒店集团旗下的连锁酒店，记者看到的并不是将就，而是讲究，或许正是闻名世界的法国人对生活品质的一种要求。

在卢浮酒店集团旗下的酒店品牌——campanile，每走进一间酒店大堂，总会给人整洁、明亮、雅致的感觉，可谓麻雀虽小，五脏俱全。在马赛郊外的一家 campanile，室外是大草坪，草坪上有桌椅、遮阳伞，喝一杯饮料、吃点点心、吹吹微风,格外舒适。走进大堂,酒吧、餐厅、会议室、娱乐室一应俱全。如果你需要用电脑处理工作,没问题,大堂内有专门的工作区,配有苹果电脑。酒店的大堂酒吧总少不了大屏幕电视机,在有足球比赛的夜晚,邀请三五好友,坐在宽敞的沙发上,喝上几杯美酒,为自己支持的球队加油助威,这感觉棒棒的。

法国人对美食的热爱与挑剔闻名遐迩。即使是中档酒店的餐饮,卢浮酒店集团也费了一番心思。集团专门聘请了米其林星级厨师设计菜单、创作菜品。翻开餐厅的菜单,你会看到各类法式美食,待这些佳肴端上餐桌,或许你会觉得自己是在一家高档米其林餐厅用餐,然而价格却相当平民。

自从被锦江收购后,卢浮酒店迅速随着中国出境游的热潮、中国的"一带一路"倡议开始思考,各家酒店都在准备满足更多中国游客的需求,开展中法美食文化交流,锦江特意派出中国厨师前往法国,制作中国美食,与法国厨师同行切磋交流,法国米其林大厨也曾到访上海,在锦江饭店组织法国美食节。如今已在外滩开出的第一家 campanile,有一个响亮的中国名字叫"康铂",卢浮集团直接派遣大厨来到这里,遍访中国当地美味,希望能将法式美食与中国特色完美结合,在康铂创新打造出一份口感最佳的中法合作大餐。

中国和法国都是全球有名的美食王国,在美食上互相交流,造福的必然是未来越来越多到中国旅游的法国游客,以及更多赴欧洲旅行的中国游客那一份思乡的"中国胃"吧!

三条"海外军规"促其扎根海外市场

——绿地集团国际化战略启示(上)

王志彦　李　蕾

　　婚礼进行曲响起,一对黄皮肤新人穿着白色礼服,在悉尼情人港紧紧相拥,庞大的亲友团发出阵阵欢呼声。他们身后,越过情人港平静的海面,对岸的高楼星光璀璨,唯有一幢超高层建筑隐秘在夜色之中。数年后这幢建筑将成为澳大利亚住宅建筑的"第一高度",负责开发它的,是来自上海绿地控股集团的澳洲员工们。

　　2013 年前,对于澳大利亚房地产市场来说,绿地只是一个陌生的海外开发商。今天,GREENLAND(绿地的英文名称)已是一颗冉冉升起的地产明星,是城市地标的代名词。

打响头炮迅速崛起

　　走进悉尼国际机场,不管是在行李提取处,还是在到达等候区,只要你稍加留意,就会发现一幅巨大的海报:悉尼歌剧院在夕阳映照下,散发出一圈耀眼的金色。离港湾不远的地方,一幢现代化的建筑拔地而起,富有科幻色彩的别致造型,全透明的玻璃外墙,都赋予这幢住宅不一样的内涵。建筑旁,"GREENLAND"的标识格外显眼。与当地人谈起绿地开发的楼盘,很多人都会翘起大拇指,用英语回答,"Good house!"(好房子!)

　　不过,这一切在几年前不能想象。2013 年,当绿地澳大利亚公司总经理罗晓华从上海总部被派往悉尼时,他被称为"拓荒者",心中唯一的底气就是,集团对澳洲市场的未来充满信心。

作为一个移民国家,澳大利亚被社会学家喻为"民族大拼盘",华人是这个"拼盘"最重要的部分之一。紧紧追随着这些投资移民的,是嗅到了其中商机的中国房企们。包括万达、碧桂园、富力地产、保利地产、复星集团和上海升龙集团在内的诸多中资房企都聚集在这块陌生的新大陆,并以不同方式扩张,这其中绿地无疑占据着"制高点"。

作为绿地集团进入澳洲的第一张名片,悉尼绿地中心前身是一幢24层的办公楼和一幢建造于1939年的历史保护建筑。购入该项目后,绿地将办公楼重新开发为超高层公寓,原先8层的历史保护建筑被改造成高端品牌酒店,并于2015年年底开业。

打响头炮的绿地,从此在澳大利亚房地产市场崛起。2014年3月,绿地购入北悉尼太平洋大道项目以及莱卡乔治大街项目,2015年6月购入 PottsPoint 项目和 Parramatta 项目,2015年11月中标新州政府 Laclan's Line 项目,2016年总计已经有6个项目同时在进行开发,总投资额约200亿元人民币。

全球版图扩张迅猛

成功拓展澳大利亚只是绿地出海的一个缩影。全球版图上,"世界的绿地"扩张之势令人瞩目。

"企业竞争的最高层次就是全球竞争,这是所有大企业的必由之路。"这是绿地集团董事长张玉良坚定推动绿地出海的缘起。

2013年,堪称绿地国际化战略的元年,公司启动建设济州岛"六大核心项目"之一的绿地韩国健康旅游城,又相继斩获美国洛杉矶绿地中心项目、纽约绿地太平洋公园项目,不断刷新中国房企在美最大投资纪录。当年,自主酒店品牌"绿地铂骊"登陆欧洲,"绿地香港"在香港联交所鸣锣上市,成功搭建海外融资平台,加速融入国际市场。

2014年,绿地国际化战略继续发力,挺进英国伦敦、加拿大多伦多、马来西亚新山,追资澳洲、韩国,一批项目也陆续进入收获期。

2016年,绿地国际化拓展视野日益宽广,模式愈加灵活。成功进军日本并收购绿地·乐购仕千叶海港城项目,首度瞄准旅游地产经济,意在打造"访日旅游一站式大型商业综合体"。与中东投资方通过股权置换斩获纽约核心区项目,并合作筹建房地产综合基金以投资世界顶级房地产项目。

房地产领域之外,绿地旗下"大消费"产业亦将触角伸向海外市场,美国、加拿大、英国、澳洲、韩国五大国际直采中心相继投入运营。

短短几年,绿地布局海外四洲九国十二城。

在亚洲,韩国媒体赞誉绿地为在韩投资的中国企业中开发项目规模最大、取得成果最丰硕的企业。据韩国济州道厅官网统计,仅今年上半年,绿地在韩销量占据整个济州同类产品总销量约60%。马来西亚绿地翡翠湾高端公寓项目面向多元客群,首期开盘即刷新当地成交记录。绿地阳光海岸项目与当地发展局正共同规划打造大型智慧城市项目。在大洋洲,悉尼绿地中心屡屡开盘即售罄。自进入澳洲市场以来已累计实现销售85亿元人民币。在北美,绿地已进军美国3个主要城市,洛杉矶项目销售率超过80%,参与的公租房项目也得到纽约市政府的支持和赞誉。加拿大项目开盘即大受市场追捧,现已销售超过95%。

在欧洲,伦敦绿地兰姆公馆项目全球多城联动展销,开盘即认购5.25亿人民币;在金融核心区打造的欧洲最高住宅绿地·伦敦之巅首批启动认筹。

海外市场"三条军规"

2016年8月,绿地位于北悉尼的Lucent项目竣工。在交房现场,一位拥有四国血统的客户,特意带着韩国妻子来参加仪式。在接受采访时,他表示,之前买下Lucent是打算作投资用,但交房仪式后,他被Lucent的地段、交通、设施,尤其是顶楼无边际泳池和开阔海港景观折服,当即决定将此房用以自住。

客户心中的口碑是最大的褒奖,尤其是对走出去的中国企业来说。"我们希望用实践证明,中国资本、中国品牌有能力渗透、扎根国际市场。"张玉良表示,"升级版"的绿地国际化战略体现为几大关键词。

一是区域深耕：从多点布局向深耕发达国家、核心区域转变，从先期试水性质的单体项目开发向系统化投资布局转变。绿地以经济发达国家和人口集聚较快的城市为主要目标市场，聚焦经济活跃、市场成熟、人口集聚、投融资便利的海外国家和地区。"深耕一地，逐步交由当地团队实施区域市场开拓，更贴近市场实际、更能准确把握投资机会。多项目联动，也使得绿地的系统和规模化开发优势得以充分发挥。"罗晓华说。

二是全球客群：依托国内市场特别是富裕及中产阶层，"做中国市场的海外延伸"，是绿地进入海外市场初期确保盈利的极佳切入点。"随着对区域市场的熟悉以及品牌在当地的影响力与日俱增，绿地对当地市场、消费者的掌控信心和能力也不断提升，在海外市场就能迎来多元化客群。"目前，在巩固国内客群的基础上，美国、英国、澳大利亚、加拿大等海外项目均在蓄客中大幅提升海外客户比重。以澳大利亚项目为例，客源分布既包括中国，同时包括澳洲、新加坡、马来西亚等。

最后一条"海外军规"则是自主开发，不作财务投资，培育自有团队。绿地人清楚，可持续的竞争力需要以实体开发、自有团队为依托。绿地信奉自主经营，海外项目的核心管理团队基本由集团派驻，旨在打造一批自有国际化运营管理团队。张玉良说，多年来在国内大型综合体项目高水准、高强度的开发运营，历练了绿地人才团队，使得绿地团队在技术规划水平、工程管理能力、市场营销效率等方面在国际竞争中毫不逊色，因此，尽管在海外市场还是一名"新人"，但绿地却能迅速进入"角色"，赢得国际声誉。

打开澳洲市场的"通行证"

——绿地集团国际化战略启示(下)

李 蕾 王志彦

澳大利亚悉尼的宜人景色

　　澳洲房地产市场的一大特点就是：成熟、稳定，房价波动不大。这样一个成熟的房地产市场，每一个环节都有自己的特点和规律，要想成功进入，并不是一件容易的事。什么成为上海绿地进军澳洲市场的

"通行证"？

靠工艺立足

在海外闯荡房产市场,如何才能成功? 依靠精湛的建造工艺,独特的挖掘眼光,对于这一点,绿地深有体会。

绿地集团在澳大利亚的第一个房产开发项目,就探索了"对老建筑进行改造和加高"的新办法。绿地澳洲公司总经理罗晓华告诉记者,这个项目位于悉尼市中心,靠近海德公园,包括两幢建成于1939年的老建筑。这两幢老建筑原来是悉尼水务局的办公楼,分别为8层和24层,是州立历史保护建筑。

绿地请来了国际化公司论证,发现大楼的地基较好,下面是砂岩基础,承载力较高,可以建200多米高的建筑,而这两栋楼虽建于50年前,但钢结构保存较好,"筋骨"牢靠,可以进行改造。最终,项目组决定将8层的老建筑改造装修为自营酒店,将24层的老建筑改造加高到67层,打造为悉尼市区最高的高端住宅楼宇,并挂牌"绿地中心"。负责绿地中心设计的伍兹贝格,是世界第六大设计公司。项目负责人萨拉·凯用"一场非同寻常的挑战"来形容这一改建项目。"在原有钢建筑基础上重建,在悉尼市场上非常少见,无论是酒店还是正在进行的塔楼改建,都极具挑战。"

对于酒店的改建,罗晓华记忆犹新。"刚一进原水务局大楼的大门就看见,两层通高的大堂分隔为两层还在使用,感觉很灰暗。我们翻开老图纸研究,既要改造得现代,又要保留和部分恢复原貌。"这可不是一件容易的事情。就拿大堂8根10米左右高的柱子来说,一开始,大家都在犯愁哪里去找这么大而完整的天然石柱,后来才发现这是意大利的一种特殊工艺:用石膏粉、颜料做成10厘米的厚度,再敷到一个钢结构外层,打磨,抛光达到大理石的效果。于是,绿地负责改建的人员去意大利买来了材料,并请来了意大利的工匠仔细雕刻。不仅如此,地面上铺的石头也要根据当时的年代来填补、替换,于是大量的时间花在寻找石材上。

"刚开始的时候确实很麻烦,州政府文物保护委员会人员经常来检查,但完工之后的效果让我们坚信,当初的坚持是正确的。"罗晓华自豪地说道。"整个改建工程耗时 12 个月,就好比让 80 岁老太装扮成 18 岁少女一般。"澳洲旅游委员会的年会在这里召开,悉尼晨报将这一酒店评为全悉尼最有影响力的酒店之一,在国外 TRIPADVISER 网站的口碑排名中,经常位列前五名。

在澳洲,负责绿地房产销售的是名列世界 500 强的世邦魏理仕,它是世界最大的房地产服务商,也是澳洲住宅项目的最大销售商。在世邦魏理仕住宅项目部董事长大卫·弥尔顿眼中,绿地的优势在于"成熟、迅速",在过去几年内,绿地取得的地位可以与不少大型开发商二三十年取得的成就相媲美。"绿地是悉尼房产市场中首个大型中资房产企业,在进军房产市场之前,做过很多周密的市场调研;在开发过程中,希望通过自己的设计、装修质量来使项目增值。"大卫·弥尔顿如此评价。

与社区共融

开发商不仅是造房子,更要营造居住氛围,让大家享受社区环境。可以说,这一理念根植于每一个绿地人心中。因此,他们从方案设计、到建造过程,包括对土壤的环保处理都考虑得极其周到。

2014 年 3 月,绿地开始在悉尼西区的莱卡区内开发一个住宅项目。在悉尼,不同的地区属于不同的市政厅管理,不同区域的开发进度也不同。这个区域素有"小意大利区"之称,原先是一块工业用地,由于当时的废水排放,土壤被污染。于是,在竞标的时候,绿地专门聘请了专家来处理开挖出来的土壤。实际上,绿地后来才知道,当初他们之所以能中标,并不是因为他们出的地价高,而是因为土壤环保处理方案出色。目前,这一项目正在进行基坑开挖,预计 2017 年底项目竣工。

2015 年 5 月,绿地拿下了悉尼东的 Potts Point 项目。这里是悉尼的传统富人区,地理位置十分好,地下就是国王十字火车站,楼上可远眺海港大桥、悉尼歌剧院。这个项目原来是一个 15 层的酒店项目,2016 年初,绿地正式接手这幢楼,经过装饰、加建过后,这里将成为有

147 套房间的 18 层住宅,预计这一楼盘 2018 年上半年建成交付使用。"其实,能拿下这块地,也是因为我们的设计符合悉尼老城区从'红灯区'向宜居社区转型的功能定位。"绿地澳洲公司营销总监薛康告诉记者。

2015 年 11 月,经过两轮竞标,绿地正式中标"澳洲硅谷"的新都会项目。这个项目距离悉尼开车 20 分钟,建成后将是一个 860 套住宅项目,并配有约 7000 平方米的商业项目。这一项目解决了"澳洲硅谷"的就业居住压力,以及悉尼城中心的居住迁移压力。薛康告诉记者,这是外国开发商中标州政府土地、带方案级别的第一例。绿地之所以能中标,除了前几个项目的成功,还因为绿地的设计、报批、商业运营方案,以及特意保留了 2000 平方米的地块作为州政府的社区中心,这一切让当地州政府看到了一个"与社区共同发展的房产商"。

本土化融入

不少中国公司在海外发展,主要选择中国团队。而绿地则选择"中国＋澳洲"的结合体。

仔细回顾下,绿地在澳洲的合作伙伴几乎"清一色"的本土企业。无论是设计公司、建造总承包商,还是销售公司,都是在澳洲的知名企业。这也体现出,绿地深入当地文化,融入当地的坚定目标。绿地一直合作的项目总包公司 Richard Crooks,是一家有着 40 多年历史的家族企业,他们拥有 400 多名员工,35％的项目集中在多层住宅项目。在他们眼中,绿地透明、讲诚信,值得信任。更令他们欣赏的是,绿地作为一个外来的房地产企业,它愿意倾听并适应来自本地市场的需求和特点。

绿地澳洲公司目前员工总共 56 人,其中从上海总部派去的仅 6人,其余全是在当地悉尼市场招聘的。2016 年 27 岁的休·戴维森,在绿地澳洲公司担当负责建筑的工程总监。他跳槽来绿地已有 3 年时间,"绿地中心的酒店改建项目,吸引我来到这里。"如果说,当初是高难度项目吸引休·戴维森来到绿地;那么,公司良好的氛围则把他留在了绿地澳洲。"罗总经常和员工交谈,倾听大家的想法,让大家觉得自己是绿地的一分子,而不仅仅是打工的。"

在融入当地文化的同时,绿地也保留自己独有的"中国文化"。据伍兹贝格的执行董事萨拉·凯回忆,当绿地人来到澳洲时,虽只是一个"五人团队",但却能明显感觉到他们身上强大的中国文化。"他们很年轻,很专注,在决策方面有目标、有雄心、坚定,有很强的学习能力;遇到困难时,能快速反应,找出其他解决途径。"

中国和澳洲文化相融,成就了"绿地澳洲特色"。绿地澳洲的高级结构经理帕博罗·哈迪纳,曾经参与迪拜多哈塔的建造,现在他的全部精力都集中在绿地中心塔楼上,"在我 10 多年的职业生涯中,绿地中心塔楼的建造是最复杂的项目。"面对复杂的改建工作,经验丰富的哈迪纳也觉得不轻松。他介绍,绿地澳洲领导的工作十分努力、高效,公司每周都有固定例会,讨论项目进展与需求。因此,虽然改建过程复杂,但遇到问题总是能及时解决;再加上来自总部的资金支持,在国际上拥有不少成功的案例,这些都将大大加速绿地在澳洲的发展。

蓝色世界的上海"魔力"

——探访上海水产集团[①]在摩洛哥 27 年的成功奥秘(上)

郑 红 徐 蒙

上海水产集团摩洛哥项目所在港口鸟瞰全貌 郑红 摄

当地时间 2016 年 7 月 18 日早上 8 时不到,西撒哈拉达赫拉港就开始忙碌起来。不远处,一艘周身蓝色调的底拖冷冻渔船正慢慢

① 2017 年 5 月,光明食品集团与上海水产集团已宣布联合重组。

驶近……

这是上海水产集团在北非摩洛哥投资的上海蒂尔远洋渔业有限公司的捕捞船,满载着从大西洋来的新鲜章鱼、鱿鱼、墨鱼。7月18日至21日,连续四天,上海蒂尔公司陆续有6艘船进港卸鱼。

上海蒂尔摩洛哥项目销售经理陈玉伟,前一晚9时就已抵达,他要负责现场与港务、港监方面协调卸货事宜。这是他第一次到达赫拉"接货"。

对他而言,此行另一个"第一"或许更有意义——上海蒂尔在摩洛哥所拥有的15条船,在运营20余年后首次实现船只更新,其中7条已更新完毕,此番接的船是第一次"清一色"新船。

正如上海蒂尔总经理段君恒所言:"我们正在迎接新的20年。"在摩洛哥,记者目睹上海水产集团这一"走出去"整整27年的海外项目,所见所闻,活力皆如夏日阳光般"四射"。

究竟是怎样的"魔力",成就了上海水产集团在那海浪簇拥的蓝色世界这般"如鱼得水"?

一种融合共赢的心态

对于1989年就开始向海外拓展的上海水产集团,有位老领导曾这样评价:是"走出去"比较早的,是"走出去"比较成功的,是"走出去"比较有影响力的。

据上海水产集团透露,目前集团已在海外10余个国家和地区设立了18家合资合作企业及办事处,海外投资与经营规模位居国内同行前列。

这样的成功和影响力,在记者飞抵摩洛哥采访前夕,得到了新的佐证。2016年6月,上海水产集团旗下上海开创远洋渔业有限公司出资6100万欧元(折合人民币4.6亿元),完成了对有着百余年历史的西班牙ALBO公司的全资收购。

在上海水产集团海外收购签约现场,类似场景经常发生:当中方表示接收之后若干时间内"三个不变",即公司名称不变、管理模式不变、员工收入不变时,外方负责人当场哽咽甚至流泪,由上海水产来经营,他们放心了。

业内人士坦言:现在的资本收购,主要问题不是语言不通,而是价值观的差异,以及管理理念的冲突。如何让人家心甘情愿跟着你的资本走?"三不变",实则是一种融合共赢的态度。

大气开放的"走出去"心态,营造了上海水产集团海外战略架构良好的环境氛围。

日益积累的合作口碑,加之敏锐的市场嗅觉,使得上海水产集团在摩洛哥的发展势头越来越好,日前上海蒂尔又完成了对阿加迪尔希斯内罗公司的收购,并由此新增 4 张捕捞证,"在摩洛哥的发展天地更加广阔"。

一群各有绝招的人才

收购希斯内罗之后做什么?上海蒂尔摩洛哥代表处负责人龚伟向记者现场展示了他们的"杰作"。

仅仅是对收购资产之一的一幢三层楼建筑的规划,就颇有创新意识。房子占地面积 2800 平方米,三层总计可用 8400 多平方米。龚伟决定:一楼变身冷库,二楼引进流水线,三楼用于办公。

"我们原来办公用地比较分散,近 30 年了,也比较陈旧,集中之后经营运作可以更方便。生产加工流水线 2017 年上线,到时捕上来的鱼可以进行更多形式的加工,产业链品种也会更加丰富。"

冷库的想象空间更大。记者走进其中一个,只见里面货物一箱箱堆得很齐整,穿上棉袄欲探一二,不过一两分钟,已觉冷气逼人。龚伟笑言:"这里至少零下 18 摄氏度。"

他说,以前没有冷库,捕上来的鱼要么马上卖掉,要么暂时放到其他租用冷库,"现在自己有冷库了,不仅可以存放自己的东西,还可以承接其他私营渔业的产品。"

"目前一期 5 个冷库库房已经启用,容量 1500 吨;等到二期改造完成,冷库贮存能力可以再增 1500 吨,届时不仅可以增加一大块盈利,还能提升产品的市场议价权。"

看得出,这是一个"充满朝气"又"身怀绝技"的团队,不管年长的,还是年轻的,他们的拼劲韧劲,都是上海水产集团海外项目最有价值的生产力。

到达赫拉港接船的陈玉伟虽说是"85 后",可在上海水产集团已算老员工了,工作七年,主要角色是"销售",正宗法语专业毕业的背景,更让他在以法语作为主要官方语言的摩洛哥游刃有余。

"阿加迪尔与达赫拉,陆地距离 1200 公里,海上相距 600 海里,因为船只捕捞点靠达港更近,所以即使加上陆上运输成本,每船靠达赫拉港相比阿加迪尔,大约还可节省成本 1 万美元左右。""单船卸货量 55 吨左右,估计需要 2 辆至 2 辆半的冷冻运输车。"陈玉伟一笔账"清清爽爽"。

船务经理叶江龙,18 岁就开始捕鱼。作为一个老船长,他的经验被年轻人称为"绝活":这一区域是否有鱼,有什么鱼,在海面以下多深处有,看一下海浪的大小,摸一下海水的温度,就有数了。

对在这一行摸爬滚打了 34 年的机务经理张庙林而言,一双巧手,几乎什么船都能修,以至于他在休渔季比渔季还忙,因为要对船只进行"美容"。

一套行之有效的机制

长期吹海风的缘故吧,"60 后"的叶江龙和张庙林,皮肤黝黑,看上去都比同龄人要苍老些。

经年累月,远离家人,感觉苦吗?"习惯了。"老叶说,"而且公司对海外员工家庭各方面都很关心。"

张庙林告诉记者,上海水产集团员工"归属感"很强,一方面是因为公司海外项目用的都是企业自己员工,比劳务用工派遣制更稳定;另一方面也是因为单位用人机制比较规范,也比较人性化。

所有员工一视同仁,进了上海水产,先从基层做起,"上船"几乎是每个新人的必修课。已经做到上海蒂尔老总的段君恒,在船上也呆了整整两年。

而被认为"既严又仁"的规章制度,更是上海水产集团对员工凝心聚力的根本保障。比如,海外员工,每两年就可回国安排体检、休养身心;工作满一定年限,家属可赴海外探访;职位提升到一定阶段,家属还可陪同在海外。至于类似"贤内助"评选等凝聚力工程,更是一种常态,对海外员工家庭的关心,早已成为企业文化的组成部分。

值得关注的是,海外项目有其特殊性,本土化用工是扎根当地、持续经营的前提,且越是发达地区,当地政府对解决当地就业的要求也越高。同样是非洲地区,摩洛哥相比毛里塔尼亚,雇用当地员工的比例就要高很多。目前,上海蒂尔在摩洛哥的 15 条船,每条船上有员工 25 人,只有船长和轮机长 2 人是中方人员。

那么船长、轮机长的梯队培养如何实现呢? 有办法。如果把西班牙视作摩洛哥的销售通路,那么毛里塔尼亚就是摩洛哥船队的培训平台。目前毛塔每条船可有七八名中方员工,他们就成了上海水产集团培养后备船长、后备轮机长的重要载体,经过若干年历练,就可以到摩洛哥船上独当一面。叶江龙 2014 年到摩洛哥之前,就在毛里塔尼亚。龚伟也在毛塔呆了超过四年。

这套对中方人员行之有效的机制,对外方雇员有用吗?

摩方人事经理哈桑答得直接:"中国人的管理就像一所学校,教会了我很多东西;我们的船员在公司有很好的待遇,享受到他们能享受到的权利,包括带薪假、保险金等;公司一直坚持严格的管理,虽然有很多公司倒闭了,但我们一直运营得很好。"

"想过换工作吗?"记者问。"为什么要换? 我对现在的工作很满意,包括我的家人都很满意,我很自豪能在中摩合资公司工作 20 多年。"哈桑说得很坚定。

由海上向陆地"优雅地前行"

——探访上海水产集团在摩洛哥27 年的成功奥秘(下)

徐蒙 郑红

上海水产集团摩洛哥项目所在港口鸟瞰全貌

　　阿根廷红虾,近年来已是上海海鲜界的"网红"。而最近,另一种来自海外的水产品——全球品质最高的北非墨鱼,又开始成为吃货们的新宠。

　　如今上海市场上,六成以上阿根廷红虾来自上海水产集团;2016

年上半年,600 多吨北非墨鱼从上海水产集团的摩洛哥基地运往国内。"这是我们第一次将所有捕捞上来的北非墨鱼运回国内。"上海水产集团市场销售负责人介绍。

从南太平洋的金枪鱼、阿根廷红虾,到来自摩洛哥的北非墨鱼,从欧洲、日本市场到国内市场,近年来,不管全球水产市场如何起起落落,上海水产集团却像一名冲浪高手,始终优雅前行。它所驾驭的浪头,正是全球市场和产业的脉搏变化。

海鲜界的新"网红"

2016 年一季度,大西洋的冬季渔汛期,上海水产集团满载的渔船从大西洋近海返航,上百吨冰冻的北非墨鱼卸在摩洛哥阿加迪尔海港,并就地装进集装箱。货轮穿过大西洋、地中海、印度洋,来到中国的东南沿海港口,需要一个半月。

而在解冻之后,这些远道而来的墨鱼,无论是做成刺身、寿司,还是煮熟了吃,口感和刚捕捞上来的基本没什么差别。业内人士介绍,墨鱼、章鱼这些软体类水产,冰冻不会影响口感,一些高级日料店里,会要求用飞机运冰鲜的金枪鱼、三文鱼,但墨鱼只要冰冻就行,因此只要本身品质高,产地距离远近不是问题;而大批量船运,成本随之降低,也能让这种优质食材的性价比更高。

上海水产集团旗下负责摩洛哥项目的上海蒂尔远洋渔业公司总经理段君恒介绍,600 多吨北非墨鱼,分 3 批分别运往广东、福建和上海港口,广东和福建都在当地批发销售,在上海卸货后,留下 50 吨经过精加工后在上海本地市场销售,其余从陆路转运至北京批发销售。

在上海,这些北非墨鱼通过集团旗下的水锦洋品牌,在高端超市、直营店和天猫旗舰店三种主要渠道销售,生意火爆。比如古北家乐福,许多老年市民一直在打听,"水锦洋"的北非墨鱼啥时来。

"上海有 2000 多家日料店,市民消费能力强大,有好的海产品,根本不愁销路。"段君恒说,之所以在上海只零售不批发,是希望以这些高品质产品提升上水集团自身终端品牌的影响力,同时避免同行的价格竞争。

看到墨鱼的热销,上海水产集团开始计划 2016 年下半年将最新捕捞的北非章鱼也大批量运回国内销售。"章鱼更贵,也更好吃,国际市场上,好的章鱼价格不比金枪鱼低。"

墨鱼背后的经济逻辑

北非墨鱼"回国"的背后,看得出世界经济的地域波动。

摩洛哥以北,可以隔海望到西班牙,最窄处只有 13 公里。包括章鱼、墨鱼、鱿鱼在内的海鲜,在西班牙菜肴中扮演重要角色,不过,随着经济危机蔓延,经常下餐馆点西班牙海鲜饭的当地人,开始更多地改吃鸡肉。

"市场变了,不管是距离最近的欧洲,还是以寿司、刺身闻名的日本,这两年经济很不景气,高端海鲜的消费需求都在下降。"

在阿加迪尔港口,上海蒂尔摩洛哥代表处负责人龚伟告诉记者,过去捕上来的海鲜只要品质好,价格再贵都有买家,现在欧洲和日本客商,开始挑相对便宜的买。

相反,以上海为代表的国内市场,进口海鲜销售则是十分火爆,这让上海水产集团看到了新的市场方向。国内售价不比欧洲、日本等地方低,说明中国经济虽然进入新常态,但国内消费需求却在快速升级。

产品回国之后,上海水产集团意外地发现,600 多吨北非墨鱼不仅仅打开了市场的"一片天",还将国际市场的话语权握到了手中。

2016 年下半年,日本客商赶到阿加迪尔,与上海蒂尔摩洛哥代表处负责人进行价格谈判。龚伟介绍,日本市场的章鱼、墨鱼供应,由几大财阀牢牢控制,面对捕捞企业,过去他们很强势,定价权基本掌握在日方手中。如今,中国国内市场起来了,上海水产集团哪怕不向日本市场出售一条墨鱼,也能获得很好的收益。

而对西班牙 ALBO 公司收购的完成,进一步支撑了上海水产集团"海陆一体化"的经营目标,符合其最新"产业外扩,产品回国"的战略布局。

据上海水产集团透露,此举还将为集团部署在国内浙江岱山开建的金枪鱼加工基地产生联动效应,推进集团的转型发展。

"现在谈价格,我们有足够的底气。"龚伟说。

从靠天吃饭到陆地拓展

当船员们忙着出海捕鱼、货轮陆续将墨鱼转运中国时,上海水产集团开始着手岸上"探路"的动作频频。

到 2016 年为止,上海水产集团摩洛哥项目已经持续经营了整整27 年,主战场始终在"海上",上水集团 90％以上的收入和利润来自捕捞的主业。

"但,这始终是个靠天吃饭、靠海吃饭的古老行业。"上海蒂尔摩洛哥项目的船务部经理叶江龙告诉记者,海况好、天气好,企业产量就高、效益就好,而像近两年厄尔尼诺发威,鱼就难捕了,直接影响效益。

一家企业如果永远只是靠天靠海吃饭,经营时间再长,也很难突破瓶颈,真正实现做强做大。

收购西班牙公司,则是上海水产集团"探路"行动的延续。在此之前,上海水产集团已经成功收购摩洛哥希斯内罗海产有限公司,由"海上"向"陆地"发展跨出了一大步。

2014 年,上海水产集团全资收购了西班牙客商位于阿根廷马德林的阿特玛渔业公司,包括品牌、4 条有证生产船和一座标准加工厂,一举新增年产量 1 万吨、产值 4000 万美元的红虾、鳕鱼、鱿鱼等产品。2015 年,这家公司生产的 2800 吨阿根廷红虾全部回国销售,成为国内市场消费的新亮点。

"关键是陆地上的产业远比海上的稳定。"龚伟说。

从捕鱼到冷藏、加工,再到通过自身的品牌进行销售,这条从摩洛哥到上海的产业链,已然涵盖上海水产集团的一、二、三产,而这,也正是当下现代农业最前沿的转型方向——第六产业。

图书在版编目(CIP)数据

跨跃：上海企业在海外大型调查纪实Ⅱ/《跨跃》编委会编
著.—上海：上海三联书店，2017.12
　ISBN 978-7-5426-6110-4

Ⅰ.①跨…　Ⅱ.①跨…　Ⅲ.①纪实文学-作品集-中国-当
代　Ⅳ.①I25

中国版本图书馆 CIP 数据核字(2017)第 253357 号

跨跃：上海企业在海外大型调查纪实Ⅱ

编　　著／《跨跃》编委会

责任编辑／姚望星
装帧设计／徐　徐
监　　制／姚　军
责任校对／张大伟

出版发行／上海三联书店
　　　　　(201199)中国上海市都市路 4855 号 2 座 10 楼
邮购电话／021-22895557
印　　刷／上海盛通时代印刷有限公司

版　　次／2017 年 12 月第 1 版
印　　次／2017 年 12 月第 1 次印刷
开　　本／710×1000　1/16
字　　数／120 千字
印　　张／6.5
书　　号／ISBN 978-7-5426-6110-4/I·1335
定　　价／98.00 元

敬启读者,如发现本书有印装质量问题,请与印刷厂联系 021-37910000